只是微小的快樂
便足以支撐這龐大荒涼的人生

張曼娟

自序／只是微小的快樂

小學堂裡有一位夥伴，對橘子過敏，聞到任何柑橘類的氣味，都讓她很不舒服。雖然我和其他的工作夥伴都喜歡柑橘，卻也不再帶任何橘子進堂裡了，橘子變成了違禁品。冬天來臨的時候，我從市場經過，看見堆積如山，金黃閃亮的橘子，想像著它剝開之後，噴散而出的濃烈氣味，那真是寒冷空氣裡最宜人的嗅覺饗宴。我放慢腳步，從橘子面前慢慢走過，讓那些想像升起而後斂息，我的兩手空空，卻又心滿意足的走進堂裡。

不喜歡橘子的夥伴在冬季裡休假了幾天，出門旅行去了。我照例穿過市場，從堆滿橘子的攤位前經過，照例放慢步伐，讓想像飛升，想像著自己被橘子的細小香氛包圍纏繞，而後，突然有一道光芒閃在我的腦際，今天是可以吃橘子的日子啊。我挑選了一大包橘子回到堂裡，肆無忌憚的剝開來吃，揉搓橘皮，讓精油噴射出來，覆蓋整個空間。我們說著笑著，快樂的吃橘子，開心的唱著歌，甚至忍不住的舞蹈，簡直是一場橘子的狂歡。

那一天，我明白，一直不能擁有而忽然擁有了，才會快樂。如果一直擁有，會覺察到這樣的快樂嗎？

我的朋友在臉書上發文，抱怨自己常在別人的臉書上按讚，卻換不來等量的按讚數，她覺得這樣是「真心換絕情」，很不舒服，所以決定將許多人解除朋友關係。這篇貼文一出，當然贏得了許多按讚與關心，朋友暫時獲得撫慰，心裡好過多了。但我覺得這不是解決的辦法，如果我們的飲食、購物、旅行、日常心情起伏，都得藉由他人的認同而後才能獲得滿足，這樣的快樂，是否太不真實了？

那一天，我在想，有了社群媒體之後，我們是否都失去了單純的快樂？是否忘記了真正的快樂應該是不假外求的？

年輕時的我，是不容易快樂的，並且覺得快樂似乎是一種罪過，是一種膚淺，憂傷的人才有深度。當年紀漸長，失去的愈來愈多，這才發現，要在這不斷崩塌的人生保持一顆快樂的心，擁有正向的能量，是多麼不容易的事。

我開始對自己做種種快樂的訓練，為了照顧父母而失眠的夜，看見窗外曙光，深深吸一口氣，告訴自己，又有了新的一天，可以安排許多事，盡力做好，真是太好了。

當我從行道樹下走過，秋風將乾枯的葉子吹落，滾在腳邊，我趕上前去，用力踩踏，聽見枯葉碎裂的聲音，真是太痛快了。在旅行的路途中，偶遇一隻賓士貓，彷彿蝙蝠俠的造型，看起來很酷，牠從我身邊經過，突然躺下翻肚，既滑稽又討喜，我忍不住笑出聲來。

欲望似乎愈來愈少了，對身邊已經擁有的人與事愈來愈珍惜，所有的快樂都在不重要的、微小的瞬間，突然亮起來。只是微小的快樂，便足以支撐這龐大荒涼的人生。我此刻撐舟在時間的河上，用那樣一束又一束幽幽的光，往更深黝的水域行去，無所畏懼。

二〇一九年 驚蟄之日

謝辭：

《小日子》雜誌的劉冠吟社長，從二〇一四年開始向我邀約專欄，這本書中大部分的文章都發表在「慢生活」專欄中。香港友人李春為《港真》雜誌向我邀稿，令我重返往昔的珍貴時光，於是有了幾篇再寫香港之作。這兩位都是我的知音，深深感謝。

目次

01 微小的快樂，隨時可以發生。

02 白鞋搭上鮮豔的襪子，就是一種神清氣爽。

03

謝謝你召喚我，
令我不捨離去。

04

一杯浮著冰珠的凍檸茶，
完滿了我的夏天。

05

雨停了，天地被洗刷得很清澈，
溫暖的光芒，籠罩著城市。

06

抬頭看見孩子畫的一顆心，
在幸福裡感到了酸楚的溫柔。

07

我一直相信，
許多快樂不用花錢去買，卻很珍貴。

Hamacher

01

前些日子桑椹盛產，
朋友漬了桑椹蜜，
送我一罐。

拖完地出了汗，
在將雨未雨的天色裡，
慢慢享用牧場牛奶佐桑椹蜜。

這只是微小的快樂，
卻可以隨時發生。

天上流火

前些年，曾經喜愛台東的知本溫泉，從台北搭飛機到台東豐年機場，接著就搭乘酒店接駁車，進入一種觀光客模式。而後，有好幾年不再去台東，直到發覺台東似乎有些不一樣了，於是，決定擺脫觀光客模式，進入我自己最喜歡的「闖蕩」情境中。我和友人一人一袋行李，搭乘自強號抵達，在「台灣好行」的公車站牌下，攤開地圖，討論我們該搭乘山線還是海線。轉了幾次車，來到都蘭糖廠前，等待著民宿管家來接。

那一年，正是狂犬病毒肆虐的夏末，寂靜的道路上，每一隻狗兒的移動，都令人神經緊張，汗流浹背，當然也可能只是因為天氣太熱。民宿位於都蘭的山坡上，坐進廊前的木椅，就能看見都蘭灣，風從海上吹來，竟有著微微涼意。民宿老闆告訴我們，這麼晴朗的天氣，晚上必定會有很亮的星星，而且，睡覺時還需要蓋被子喔，根本不用開冷氣。星星或許會有，關於不用開冷氣這件事，我其實半信半疑。天還沒黑，我們就按照民宿老闆的指示，往山裡的小酒館前進。全是上坡路，走走停停，半個多小時後，看見了一座亮著燈的小屋。

老闆是新竹的科技人，與妻子一起回到故鄉經營了小生意，也經營著想要的生活。在木造露台上，我們享用了涼拌花枝、野菜煎蛋，西班牙蒜味蝦，食材新鮮，口味也不錯。吃吃喝喝，天完全黑了。偶爾有車開來，帶進一點光亮，車過之後，就是無邊無際的黑。民宿老闆交代過，用完餐可以Call她開車來接，但，若總等人接接送送，哪有什麼闖蕩感呢？

友人燃起手機上一點點光亮，只能驅趕面前五公尺的漆黑，我們就出發了。下坡路走起來原本就比較快，每當我回頭便看見黑暗吞噬了我們走過的路，於是腳不沾地的往前奔馳，加上深深的暗處不斷傳來狗兒倉皇的吠叫聲，我覺得自己頭皮緊縮，所有的髮絲都站立起來。巨大的、蠢蠢欲動的黑暗，以一種堅強的意志力包圍著我們，帶給我難以解釋的恐懼，這是生活在城裡的人，已經感到陌生的自然吧。但我依然在急速的前進中，抬頭看見了懾人的星空。每顆星星都那麼完整，那麼透亮，像焚燒著巨型營火，火光裡偶爾有飛出的流星如流火，令人屏息的壯麗。

我一直很難忘記那樣的夜晚，絕對的黑，才能看見絕對的星星。

民宿老闆說得沒錯，夜裡不用開冷氣，都蘭的風好涼爽，需要蓋被。

隔年五月又去台東看星星，明明才剛立夏，氣溫已經飆得很高，鐵花村裡掛滿了微型熱氣球，這是由老人、孩子、新移民，以及四面八方的遊客，用彩繪的方式留下他們的心情與故事，天色漸暗便在樹林裡點亮起來。彷彿有人捕捉了天上流火，送進林間，星星不再遙遠，真的觸手可及。

真夏的氣味

愛用精油的朋友常在臉書上分享各款精油的功能與運用方式，那一天，他提到了茉莉，說是採下茉莉花放在窗台上，茉莉的顏色會由純白轉為淺紫，最後變成深紫色，而後凋萎。

瞬間，我回到了童年，想起了在鉛筆盒裡塞滿茉莉，成為香氛寶盒，珍貴的開啟，嗅聞屬於茉莉花獨特的清鮮香氣。我的鉛筆、橡皮擦與塑膠尺，都有久久不散的茉莉香。那時，約莫離暑假很近了，心情有著小小煙火般的快樂和騷動，總覺得這個暑假一定要有些不同；要做些大人才會做的事；要到遠方去流浪冒險，帶著一只水壺和我的鉛筆盒，立刻就可以出發。

除了茉莉，當然也有其他的夏日香氣，像是夜來香或是七里香。夜來香的氣味對我來說太過濃郁，宛如豔麗盛妝的美女，出現在一場野宴中，有些突兀，於是噴嚏個不停。至於七里香，則是潮潮的氣味。

小時候我雖然穿著裙子，仍然跟著一群男孩到處奔跑，尤其領頭的那個哥哥，是大家心目中的英雄。夏天的晚上，玩著鬼抓人的遊戲，我和領頭哥哥躲在一起，當我們屏息不說話的時候，我問：「好香喔，這是什麼花？」「噓！七里香啦。」領頭哥哥回答，而後，我們洩露了行蹤，慌忙逃離，我邁開大步逃命，兩條辮子高高飛起來，不知怎麼地，重重摔了一跤，領頭哥哥跑回我身邊探看的時候，一直忍住的眼淚忽然忍不住，「哇」的一聲哭了出來。然而，空氣裡都是七里香的氣味，與我的眼淚混在一起，潮潮的。

當我的膝蓋結了痂，走路不再一拐一拐的，巷子裡便彌漫著粽葉的香氣，端午節即將到來了。年輕時的母親對於世界有著極大的熱情，喜歡節日，喜歡一切應景的熱鬧，然而，她從沒包過粽子。粽子約莫都是媽媽教給女兒的傳承手藝，我的母親來到台灣只是十三歲的小難民，沒人教過這手藝，她一輩子都不會。

可是，母親卻到中藥店買回香料，用裁製衣服的碎布頭幫我們這些孩子做香包，不只是自己家的孩子，還有左鄰右舍的孩子。如果今年我選了金魚香包，那麼明年可能就會有一個白兔香包，我喜歡把香包掛在胸前，嗅聞那股混合著草藥的香氣，乾燥的、溫和的、心平氣和的，好像護身符，讓我可以平安無恙的度過這個夏天。

端午節又叫端陽節，真正的夏天到了。晾好的冬被有著陽光的氣味，拍去上面的灰塵可以收進櫃子裡了，我們需要的是風扇和冷氣。冰過的西瓜切開來會有果肉成熟的淨甜氣味；盛裝在籃子裡的玉荷包噴發著誘人的果香；鹹肉粽和豆沙粽隔著粽葉也能嗅聞出來；掛在紅色木門上的綠色菖蒲艾草只有一點似有若無的草香。

這一切的一切，就是在我生命中無法消散的，真夏的氣味。

滿滿一碗六月雪

立夏一過，天氣便一天天的炎熱起來，等到小滿到來，六月也差不多要到了，這時，我渴望吃冰的心情簡直按耐不住了。和朋友走在路上，下意識的尋找陰涼的路徑，一條狗伸出舌頭，氣喘吁吁從我身邊經過，犬猶如此，人何以堪？

手機上的氣溫顯示，正午時分，三十五度。我知道氣溫還會飆高，然而此刻對我來說，已經忍無可忍了。我哀哀的說：「我想吃冰。」

朋友立刻附議，並且說：「轉角那裡有賣冰，我們去吃。」

聽見這兩句話，腳下忽然輕捷起來，走了一段路之後，終於來到轉角。但是，並沒有冰店呀。朋友指給我看，原來是一家手工餅乾店裡有一台霜淇淋機器。

我頓時委靡不振：「這不是冰啊。」

「這就是冰啊，不然我們去小七。」朋友一馬當先走進隔壁的便利商店，指著冰櫃裡滿滿的甜筒、冰淇淋：「這裡的冰夠多了吧？」

我失望的嘆氣了，告訴朋友，霜淇淋很冰，冰淇淋、雪糕、冰棒都很冰，但對我來說，它們都不是冰。我認為的冰是刨冰或是銼冰或是刀削冰，是冰塊製品。

「哪有那麼麻煩？對我來說，它們統統都是冰呀。」朋友瀟灑的做了結論。

那一刻我突然覺得有些寂寞了。還有人記得用粗糙的厚瓷碗，盛著滿滿的雪白刨冰，淋兩匙糖水，吃一碗清冰的盛暑滋味嗎？

巷子口的冰店，爽利老闆娘站在刨冰機前，用力轉動刨刀，整塊晶瑩剔透的冰塊愈來愈小，細碎冰屑飛落碗中，那是電動刨冰機還未盛行的年代。我積攢著五毛、一塊零錢，只夠買一碗無料清冰，卻已經是高級享受了。細碎冰屑混著熬煮蔗糖的香甜氣味，在舌間與上顎化為水，靜靜滑落喉間。因燠熱暑氣而引起的焦躁，每顆細胞的煩膩，都獲得了緩解。

因為我不喜歡蜜餞，所以四果冰從沒引起我的欣羨。倒是冰店裡那些打情罵俏，眉來眼去的國中生，讓我覺得非常有趣。

念五專時，同學帶著我去市場吃冰，頭一次吃到芋頭、麥角冰，是味覺全新的體驗。老闆自己熬煮的芋頭軟爛，幾乎成為芋泥了，麥角也煮到入口即化，和刨冰混合在一起，不再是清爽，而是濃稠，滋味卻很有層次。那兩年我愛上一切芋頭滋味，從此再也不吃清冰了。

五專將要畢業時，蜜豆冰流行起來，賣冰的老板用刀削整塊冰，成為形狀不規則，口感粗礫的小冰角。蜜豆冰裡並沒有蜜豆，而是蜜餞、水果與花生，重要的是濃烈的香蕉油氣味撲鼻，到底為何叫「蜜豆冰」？迄今仍是個謎。我最愛的是香蕉油的氣味，於是辨認出自己原來是很感官的。

念大學時士林夜市的幾家冰店最熱賣的就是蜜豆冰，許多聯誼都在冰店裡辦。吃的是冰，升起的是熱情。

當超商愈來愈多，傳統冰店似乎也就式微了。所幸我家附近的五十年老冰店依然代代相傳，任選四種配料五十元，我都是這樣點的：「芋頭、芋頭、紅豆加牛奶。」店家自己熬煮的芋頭和各種配料，總是讓我覺得安心，彷彿童年的美好還在。

盛暑六月，細雪一般的刨冰，我稱它為「冰」。

遺落在風中

一陣風捲起膝頭的手帕，我伸手捕捉，落了空，只能眼睜睜看著它在空中漂亮的旋身，而後墜入山谷。這個畫面不知道為什麼我一直記得，日子久了，甚至有些恍惚，到底是真的發生過？還是一場夢境呢？

那個年代，人們都用手帕，而不是面紙。每個女孩都有幾條手帕替換著，有些是繽紛的印花，有些是雅緻的刺繡，質料通常都很薄，差不多是透明的那樣。放假的日子，女孩們自己清洗手帕，洗乾淨的手帕一條條鋪開，貼在浴室磁磚上，任它陰乾。如果一個女孩有許多手帕，一次清洗之後貼滿磁磚，那便是很壯觀的景象了。乾透的手帕從牆上脫開，好像要逃走的樣子，時間到了，女孩進來收割手帕。一條條的用熨斗燙平，噴一點香水，摺疊整齊，收進抽屜裡。

手帕除了擦汗、拭淚，還有其他功能。十八歲時學姐送了我一條秀氣的手帕，學長在一旁起鬨：「看見喜歡的人，就故意把手帕丟在地上，讓他撿。如果他不撿，記得自己撿回來，不然太可惜了。」我沒有丟過手帕給任何人撿，卻因為丟失了不少手帕，後來乾脆把手帕繫在手腕上，以防遺失。

有一次演講場上，偶然遇見年輕時差點被長輩送作堆的男人，他是趁著暑假從美國回來探親的，我們那時還真約過幾次會，去看了電影、打了保齡球、逛了夜市，後來不了了之。男人說他一直記得我，尤其是我手腕上繫著的手帕，感覺很奇怪，卻又很神祕。他說不明白自己那時為什麼退卻了？我說：「因為我很奇怪吧。」他說：「應該是神祕。」手帕繫在手腕上，感覺很神祕？這也太奇怪了。

然而，男人隨身帶著手帕，卻給人一種乾淨和可靠的感覺。男人的手帕比較大，方方正正的，質料也稍厚一些。小時候出去玩，突然下雨了，爸爸便掏出手帕，將四個角打上結，成了一頂小雨帽，給我戴在頭上，然後牽著我趕快跑。長大以後，喜歡我的男生會將手帕鋪在公園石凳上，讓我坐下來時不會弄髒衣裙。男人的手帕應該隨時為女人準備著，當女人傷心流淚時，馬上溫柔遞上自己乾淨的手帕，讓女人拭淚、擤鼻涕，手帕弄得髒兮兮，女人於是對男人說：「我把手帕洗乾淨再還你。」啊，這就是一個故事的開始了。

自從有了面紙，手帕成了很老派的東西，但是，日本的手帕市場依然那樣昌盛活絡，他們的手帕琳瑯滿目，美不勝收。手帕的使用，彷彿是種意境，是舉止的優雅，也是生活的美學。

當夏天愈來愈熱，手帕重回我的生活，為的只是小小的環保。我挑選的不再是薄如蟬翼的質料，免得一陣風吹走了，而是有點厚度的毛巾布，吸水性更強，實用性更高。至於學長當年的叮嚀，稍加修改便有了不同的意義：「看見喜歡的人，就故意把『心』丟在地上，讓他撿。如果他不撿，記得自己撿回來，不然太可惜了。」

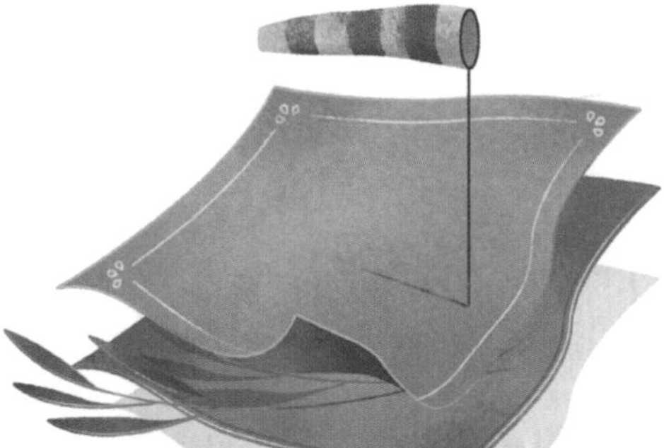

慘綠時代的綠沉西瓜

站在街邊，看著開西瓜車的老闆，從宜蘭或是花蓮或是台東載來的大西瓜，一把長刀，喀啦一聲，將西瓜汁水淋漓的剖開，接著，屬於西瓜特有的清甜氣息，便散逸開來，啊，這就是夏日的限定滋味了。我總會想起怪傑金聖歎所說的：「夏日於朱紅盤中，自拔快刀，切綠沉西瓜，不亦快哉！」如果可以穿梭時空，我很願意待在金聖歎的桌角，分一片不亦快哉的西瓜來吃。

「可是，西瓜是沒有氣味的水果呀。」常有人這樣對我說，我所宣稱的那種清甜，也許只是想像。但我確實嗅聞得到，來自西瓜的訊息，就像一個似有若無的微笑，瞬間綻放，而後淡然消失。

童年的夏日，吃過晚餐之後，全家人圍著餐桌，觀賞父親切西瓜，也是一件開心的事。家裡自備一把西瓜刀，磨得鋒利，我們幫忙扶住西瓜，看父親準確的一剖兩半，而後切成一片一片的，給我們啃食。將臉埋在碩大的西瓜片中，一邊啃著，一邊用西瓜汁洗臉的樂趣，是現在用叉子吃西瓜的孩子所不能體會的了。

黃澄澄的小玉西瓜上市之後，很快就成為我們的新歡。一剖為二的小玉，最適合用湯匙舀起來吃，父親和母親吃半個，我和弟弟吃半個，瓜肉吃盡了，瓜皮裡餘下的湯汁也要飲盡，才有心滿意足之感。當市場裡開始販賣去皮的西瓜，四分之一或是六分之一，去瓜皮之後帶回家，切在盤裡享用，西瓜刀再也用不著了。丟掉西瓜刀的那一天，切綠沉西瓜的歲月，也就一去不回了。

然而看見整顆西瓜，依然會勾起難忘的回憶。那是我的慘綠年代，母親的好友潔心阿姨從國外回來，借住在我家。潔心阿姨的丈夫是自己追求來的，為了供家庭環境不好的丈夫念完學位，她到美國之後，日夜打工兼差，太過操勞使她的頭髮花白了。過了幾年，丈夫果然成為美國的大學教授，還當上科學院院長，她也就成了人人稱羨的院長夫人，再也不用工作，只要享福就好。然而，院長桃花不斷，感情的入侵者三天兩頭來找麻煩，光是應付這些事就夠焦頭爛額的了。有一天，我聽見潔心阿姨對母親說：「我把自己當成沒有感情的動物，只要捍衛家庭就好，犯不著傷心。」我聽著卻很為她感傷。

炎炎夏日裡，母親吩咐我陪阿姨上市場逛逛，阿姨停在西瓜攤上，敲敲這顆，摸摸那顆，最後，她選了一顆十八公斤的西瓜，付了錢，對我說：「帶回家吧。」我毫不猶豫的彎下腰搬，卻發覺根本搬不動。當時年輕的我只有四十公斤，這顆西瓜幾乎是我一半的體重了。賣瓜人好心的幫我搬起西瓜，於是，我便抱著西瓜跟上阿姨的步伐。原本十幾分鐘的路程就能回家，那天，在炙熱的烈日下，走了將近半小時，衣裳全部濕透，細瘦的手臂失去知覺，雙腿顫抖，清楚意識到臉上迸出的是冷汗。

我的手腕韌帶受傷，接受了幾個月的治療。潔心阿姨回到美國之後，因為精神崩潰住進了醫院。慘綠時代的我似乎明白，太沉重的負荷，有時候真的不是我們努力就能承擔的，不管是甜蜜的西瓜；或是苦澀的人生。

我的手作年代

小小的廚房午後更顯擁擠，堆著剛剛快遞送到的有機金鑽鳳梨，同事賣力的切掉鳳梨頭，削去鳳梨皮，將鳳梨心除去後，切成一塊一塊，裝進玻璃缸裡備用。鳳梨的甜香氣味，此刻已充滿整個空間，大家都變得興奮。鳳梨塊和冰塊一起進入果汁機裡，哐啷哐啷，一會兒工夫，淺黃色的鳳梨冰沙就完成了。酸酸甜甜，盛夏的好滋味。盛裝在透明杯子裡的果汁，上方被一層厚厚的雪白泡沫覆蓋著，這就是小學堂夏令營的孩子們專屬的下午茶飲料。原本擔心他們不喜歡，看著孩子喝完果汁，還努力把杯中殘餘的泡沫舔乾淨，我們心中有著滿滿的歡喜。

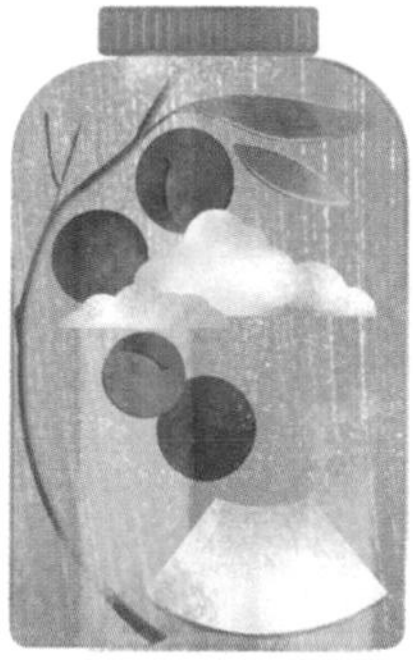

隨處可見的茶飲店，人手一杯調製飲料，當孩子從小被那些化學氣

味、色素與香精麻痺了味覺，我就只是想讓他們嘗一嘗食物真正的味道。讓他們想像一株植物從泥土裡生成，開花之後結果，那果實慢慢生長，在陽光照射下變得甜蜜；在黑夜星空裡變得堅強，終於成為一顆美好的果實，才能噴發出這樣濃烈的香氣，才能流淌出如此豐沛的汁液。

當果汁機裡的刀刃轉動起來的時候，我彷彿又嗅到了童年夏天的味道。

我記得家裡剛剛有冰箱進駐的那個夏天，爸爸參加公司抽獎，帶了一台果汁機回來，我們圍成一圈，看著那隻玻璃容器從包裝盒裡誕生。媽媽從市場買回許多黃綠色的軟芭樂，一顆顆洗乾淨了，切成小塊，一整盤投進容器裡，一按開關，轉瞬間粉身碎骨，而後給了我們一杯杯好喝的果汁。那時候的芭樂也許不好看，但是真的好香啊。我們吹著電扇，將冰塊放進杯子裡，想像著那就是雞尾酒，聽著冰塊撞擊玻璃杯發出的聲音，夏天好像不那麼炎熱難耐了。

媽媽和鄰居媽媽一起上市場，有時候買一大袋暗紅的李子回家，我們見了總要退避三舍。李子雖然美，卻酸得讓人皺眉，縱使大人不斷遊說：「吃李子對女孩子好喔，皮膚水嫩水嫩的。」我們這群女生還是躲得遠遠的，然而，當廚房開了火，媽媽把最大的鍋子搬出來，我們就從四面八方湧進來，像小鳥一樣的雀躍。大家都搶著幫忙，自願將李子切開，把果核取出來，看著媽媽熬煮李子果醬。因為李子很酸，煮一鍋李子果醬，得用上一包黃砂糖，但是，果肉融化以後，混合著焦糖，上升的氣味實在太甜美了。

媽媽一邊熬煮，一邊調味，她會用小湯匙舀出一杓，讓我嘗嘗味道。「還是太酸了。」我搖搖頭。過了一會兒再嘗嘗，發出專業的判斷：「現在差不多了。」於是，火熄了，等待果醬涼了以後裝進瓶子裡。只有我嘗過熱騰騰的果醬滋味，而媽媽總是信任我的味覺，這讓我建立起小小的自信。

自己家裡熬的果醬，是最好吃的果醬。自己研發設計的果汁，是給孩子最好的味覺禮物。重返我的手作年代，是時候了。

門口撿到魚

如氣象預報所言，梅雨鋒面準時來報到，而在第一場雨降下時，我便完全見不到窗外的青山了，大雨像濃霧一樣封鎖天地，白晝的光被偷走，只留下黯黑。在我過往的經驗中，梅雨不應該是這樣的雨勢，「這麼大雨，會釀災的啊。」我對自己說。說完之後，心中一驚，這分明是老婆婆式的巫魅語言，一種預知的感應。然而，剛從窗邊離開，手機便傳來氣象局的豪雨警報。

因為前一晚欠眠，我在午餐後打了個盹兒，作了一場夢。夢見自己赤著腳，浸泡在黃泥滔滔的水流中，水深及腰，拖泥帶水的步行艱難。可是心中卻很焦急，彷彿必須要趕到什麼地方去，進行一場演講或者簽書活動，舉辦活動的場地是晴空萬里的，人們在綠色草坪與精緻噴水池之間優雅的款款而行，彼此寒暄。這裡卻下著冰涼的雨，困住一個狼狽倉皇的我，在夢中我對自己感到氣惱，穿在身上的衣服已經不成樣子了，鞋子也被水流走了，為什麼還要堅持赴約？為什麼不打個電話給主辦單位，跟他們說一聲，活動取消或改期呢？因為，根本就沒有這樣的活動呀——我在夢中醒悟，這是一場夢，不是真的。

於是，在間歇的雨聲中甦醒。

曾經，遭遇過水災，這樣的焦慮永遠都在。

這場綿延的暴雨，果然帶來了處處災情，看見我的外雙溪母校，溪水暴漲，滔滔洪流像跨欄選手那樣的湧進操場，瞬間吞噬校園，便想到二〇〇一年的納莉颱風，狂暴的雨也是這樣從天而降。當時的研究室，是在一幢舊式建築的地下室，倚傍山邊，土石與雨水暴發成山洪，浩浩蕩蕩衝進建築物，很快的淹沒了地下室。還在學校的學生，許多是由國軍弟兄用橡皮艇運送離開的。許多年過去了，提起這段往事，經歷者也像是敘述著光榮歷史那樣的激情與亢奮。

為了這場水災，學校延遲一個星期才開學，做為教職員工，必須返校清理復原，我一向最不會收納整理的，這下可遇上大難題了。但畢竟還是得出發，穿著拖鞋和短褲，走過泥濘的校園。地下室的水猶未退去，國軍弟兄們赤裸上半身，穿著小短褲，用馬達和大水管將水抽乾。空氣裡彌漫著腐敗與潮濕的氣味，用水桶接了水來，沖洗桌腳和書櫃，才發現黃泥濃稠黏著，比想像中更難處理。我蹲下來，覺得很沮喪。四面八方都是吵雜的人聲，機器隆隆的響著，而我抬頭，忽然看見那個貼心的朋友，聽說了我要來學校清理，於是，特地趕來幫忙。雖然她比我年輕許多，卻胸有成竹的指揮若定，拿著自己帶來的工具，洗洗刷刷，於是，我的桌面出現了，我的椅子恢復原狀了……我覺得自己從骯髒的泥水中，漸漸洗滌潔淨了。

梅雨鋒面的災情報導，偶爾穿插著某些人在住家門口撿到大魚的歡樂場面，雖然，家中淹水的財物損失遠遠大過一尾魚，可是，撿到一尾活跳跳的大魚，那樣的驚呼與歡樂，如同被神的光芒照耀。

就像許多年前，當我無助的蹲在泥濘中，聽見呼喚，抬起頭，便看見一張熟悉的臉，探頭進來，給了我一個無比璀璨的笑容。

告別夏日海灘

我並不喜歡夏日海灘。有時候聽到那首歌：「每到夏天我要去海邊……」還會在心裡莫名的抖瑟一下，雖然，曾經也是個每到夏天就想去海邊的熱血女青年。

這故事要從許多年前講起，弟弟念國中那年暑假，與一群同學在炙熱的陽光下，穿著小泳褲奔向那片湛藍的大海，原本以為會帶著一身古銅色耀眼的肌膚回家，沒想到帶回來的卻是整片紅燒肉的背部。他的眉頭緊鎖，說背上像被火烤的疼痛，草草吃了點東西就上床睡覺了。

晚上十點多我們就發現他的背部開始長出水泡來，而且是一顆接著一

顆，愈長愈大，趴著昏睡的弟弟整晚都發出呻吟與哭聲，怎麼都叫不醒。那一夜我一直無法入睡，守著下鋪的弟弟，看著那些水泡冒出來，感覺很像恐怖片，相當驚悚。

這個教訓讓我對夏日海灘多了點戒心，絕不會讓這樣的慘劇發生在我身上。

然而，忘性是長久的，記性卻很短暫。多年後我已在大學教書，系上老師們被指派到澎湖監考大學聯考，我們開開心心上飛機，出差完全是度假的好心情。監考工作完畢之後，還有兩天一夜的旅遊，在吉貝吃完午餐，老師們都在臨時宿舍中午睡，望著那綿延迤邐的金黃色貝殼沙灘，怎麼忍得住？於是，我穿著一條短褲，和另一位同事奔向那片湛藍的大海。軟綿綿的沙灘，竟然空無一人，晶碧透亮的海水，閃耀金黃光芒的沙灘，簡直是完美的攝影棚。

我們在沙灘上奔跑，在淺水處嬉戲，拍完一卷底片再換一卷，狂歡了將近一個小時。陽光與沙灘幾乎白熱化的融在一起，我開始覺得不舒服，雙腿裸露的部分，好像有無數根針在穿刺。我的雙腿成了紅燒肉，當年驚懼目睹的一切，一一在我身上重現。

從此以後，夏日海灘成為我永遠的拒絕選項，告別夏日之後的秋日海灘，則以無限的魅力誘惑著我。

開車的朋友常常喜歡載我到秋日的海邊去，穿過一片林投樹叢，就是遼闊的沙灘，我們除去鞋襪，踩踏著清涼的浪花，沿著沙灘慢慢走，走累了就隨意坐下，看著夕陽沉入海中。這一次朋友將定位移往宜蘭，我們要去尋找傳說中的祕境東澳粉鳥林。從海中拔起的峭壁岩層，像桂林山水的意境，爬過消波塊的縫隙，豁然開朗，祕境就在眼前。夏天已經退場，秋陽依舊炎炎，然而只要躲開日照，坐在陰影處享受著清涼海風，真乃至福。

回程的路上，車行蘇花公路，遠望著太平洋切割出來的蜿蜒海岸線，不免讚歎：「這就是台灣地圖上的邊界線吧。」突然，公路旁的海灘上出現一整列的獨木舟，色彩鮮豔，映襯著碧海藍天，像一幕布置妥當的電影場景。這是近來熱門起來的獨木舟活動出發地，不遠處有一群拿著槳的舟子，已準備登舟。我比他們跑得都快，舉起手機，無聲的留下與夏日告別的海灘，蓄勢待發的一瞬。

2019

02

白鞋最好搭配了，
穿上鮮豔的襪子，
就有一種神清氣爽的感覺。

只是微小的快樂，
在行走的時候發生。

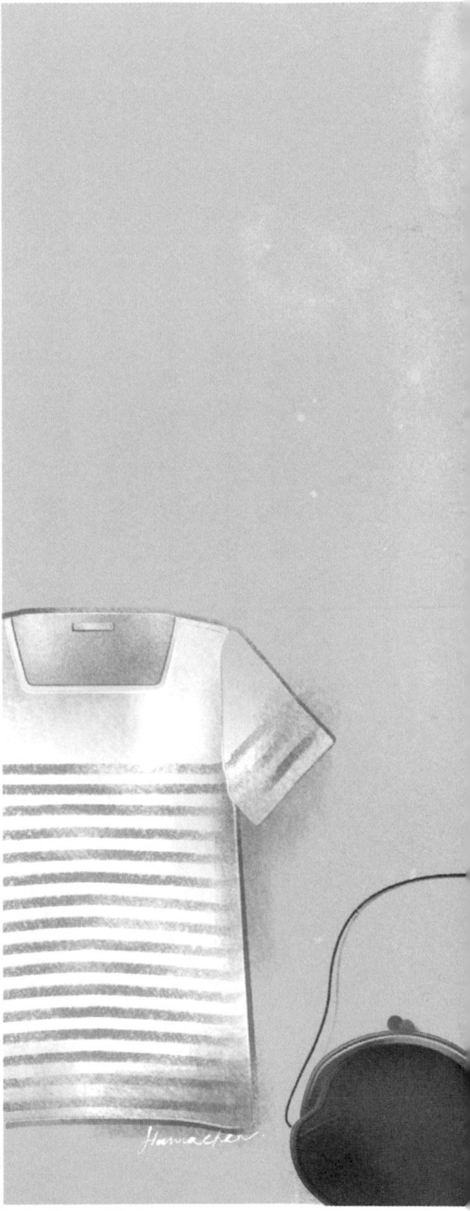

雙腳的美樂地

我自初春寒涼的風雨裡走過，看見朋友從日本捎來的禮物，放在桌上，隨手拆開，原來是三雙襪子，乖乖的排著隊。襪子的花色皆不相同，第一雙是灰白底色，織著藍綠色的仙人掌，還有鮮紅色的花朵和胖嘟嘟的果實，也算是一種療癒森林系吧。第二雙是溫暖的赭紅色，腳踝一圈則是透明紗，嵌著一顆顆立體的彩色小圓點，像是幼兒園孩子的塗鴨。第三雙襪子拿在手中，我忍不住笑了，只要是對我稍有了解的人，看見了一定會說：「這根本就是妳的襪子嘛！」它的顏色很簡樸，是一點也不特殊的淺灰色，卻在後腳踝各縫上了三顆渾圓的珠珠，正是所謂低調的華麗吧。有了新襪子，斜風細雨的寒意，也沒什麼可擔心的了。

小時候我並不喜歡襪子，因為襪子的顏色總是單調，從小學到國中，穿的都是白襪子，配上黑皮鞋。千篇一律的白襪子，沒完沒了的穿著，就像是永遠敬陪末座的成績；瑟縮在角落的自卑；對未來毫無想法的茫然。

念五專時多羨慕學姐們修長的雙腿，裹在絲襪裡，透明的色澤，有種裸露又隱藏的美感。我盼望著快點長大，就可以永遠脫掉白襪子，穿著絲襪，自由自在的過日子。

當我穿上第一雙絲襪，正式與白襪子告別，也是某種形式的成年禮。只要是淑女，都要穿絲襪的，絲襪配短褲、短裙與長裙，連穿長褲也要配短絲襪，那真是絲襪產業最興盛的年代吧。而後有一天，突然之間，穿絲襪變成了老派，不穿絲襪才是時尚。女人的腿，散發著自然的肌膚光澤，為什麼要用人造的化學物質去遮蓋呢？於是，絲襪漸漸走進歷史，而襪子竟然又捲土重來了。

這一回，再也不是白襪子了。五顏六色的襪子，像是一種配色遊戲那樣的，讓女人的腳變得繽紛多彩。襪子工藝讓我感到讚歎的，則是對織品偏執熱愛的大和民族。他們用精雕細琢的態度，為襪子設計花色與造型，讓原本決定與襪子分道揚鑣的我，被迷得神魂顛倒，忍不住再度套上襪子，心中充滿喜悅。

我有一雙桃紅色短襪，正面看起來沒有一點特別之處，然而，當我跪坐下來，露出腳底時，便能看見左腳右腳各有一隻棕色的，行走著的貓咪，與我的腳掌一般大小，穿著它的我，也彷彿踩踏著貓咪的步伐，那樣輕盈愜意。

有時候我會送襪子給朋友，有時候朋友會送襪子給我，我們為彼此挑選襪子的時候，想像著對方應該喜歡怎樣的顏色與質材，想像襪子為對方帶來的溫暖，想像著對方穿上襪子微笑的樣子。穿上喜歡的襪子，走向自己想去的地方，那不就是雙腳的美樂地？

美麗卻不適當

等我考上大學之後，我要穿著很短的熱褲，和美麗的羅馬鞋——這是我在十六歲時立定的志向。

那一年，清湯掛麵的去參加表姐的大學園遊會，走進校園，睜大眼睛看著大學女生，她們幾乎都是留著長髮，穿著長裙，飄逸的、詩意的移動，就像是愛情文藝片裡的女主角。因為校風比較開放，女大生們略施脂粉，五官更顯立體，一顰一笑都美好。我手捧一杯冰紅茶，大大咬一口熱狗堡，突然，有個長髮及腰的纖瘦女生闖進我的視線，她穿著貼身上衣，短熱褲，曲線畢露，而最吸引我的，是勻稱雙腿被細細的皮繩所纏繞，她穿著一雙焦糖色的羅馬鞋。

女生和同學說笑，烏黑的長髮甩來甩去，她的腰肢十分柔軟，彎腰笑著，轉身和人打招呼，我的眼睛完全離不開那雙羅馬鞋，直到熱狗堡的芥末醬滴在我的白色長褲上。

羅馬鞋對我而言，代表的是時尚、隨性、不拘小節和美麗。

等我終於插班考上大學，當然立刻去西門町尋覓自己的羅馬鞋，趁著與外校男生聯誼的機會，穿上熱褲，以及新買的羅馬鞋，自以為率性又美麗的出門去了。那天的活動地點在瀑布溪畔，踩踏過許多大石頭才能下到溪邊，我的鞋底薄而滑，驚險萬狀的走著，冷汗涔涔濕透了衣裳，好幾次都想放棄。同學們脫下鞋襪，赤腳浸泡在沁涼溪水中，彼此追逐，激起水花，歡笑聲響徹溪谷，我卻獨自一個人坐在石塊上，深鎖眉頭，一動也不想動。那些糾纏不清的長鞋帶，懶得解開再繫上；腳底疼痛一陣陣傳來，讓我多一步也不想再走了。

聯誼之後，陸續聽見男生對我的評價：

「看起來心不甘情不願的樣子。」

「她是不是很高傲啊？」

「一直坐在那裡搞自閉喔？」

其實，我只是穿了不適當的羅馬鞋，雖然它確實很美，卻不適當。

從那以後，我對於看起來很美的鞋子，多了幾分警惕。然而，某些時刻還是會被蠱惑，忍不住下手。有一年，和幾個朋友去東京旅行，我們從自由之丘逛到代官山，走過一家鞋店，我被一雙桃紅色細跟涼鞋所吸引，定定的盯著看。朋友輕聲提醒我：「鞋跟很高喔，應該很難穿。」我說我知道啦，漂亮的鞋子都不好穿。話雖如此，並沒有離開的意思，於是我們走進鞋店，試穿了那雙鞋。剛好是我的尺碼，穿上比放著更好看，走了兩步，果然是舉步為艱，但我對朋友說：「一定是因為今天走了很多路的關係，如果只走一點路，應該就沒問題了。」朋友嘆了一口氣。

那雙代官山高跟涼鞋只出過一次門，從樓上搭電梯下樓，出門走了幾步，便回家換掉了，每走一步，便像是斧頭劈開腳底的疼痛。那雙鞋一直擱在鞋櫃裡，做為一種提醒，也是一個紀念。美麗高跟鞋的歲月，已經一去不回了。

對我而言，有氣墊的平底鞋，包覆力佳的運動鞋，才是真正適當的選擇。所謂的「時尚、隨性、不拘小節和美麗」，不再以鞋子來定義，而是我認真走出的每個步伐。

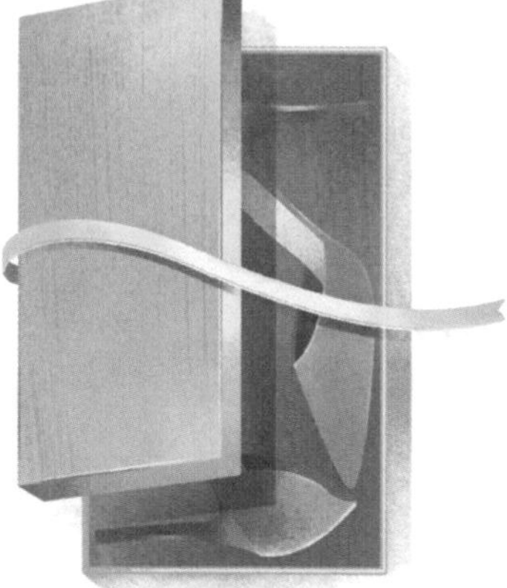

陪我去坐慢火車

慢火車，火車慢，我要爬過愛情這座山。就算淚會流，氣會喘，也是最美的挑戰。慢火車，火車慢，我只能前進不能迴轉。因為心中燃燒著柔情，慢火車也能爬上山頂端。

耳邊迴響著萬芳的〈慢火車〉這首歌，我分了一隻耳機給坐在身邊的朋友，我們正搭乘著莒光號，一站一站的，往目的地三義駛去。

前些日子，我和相識近三十年的朋友吃飯聊天，說起現在最想做的事，我說的就是坐火車。雖然高鐵帶來許多便利，但有時候我也想念著笨重的火車在鐵軌上緩慢行駛的老日子。我和朋友年輕時搭乘阿里山小火車，當火車轉了一個大大的彎道，我們坐在不同車廂，各自探出頭來，對彼此揮舞手臂打招呼，如今想起來，還是那樣樂不可支。

小時候，從島嶼的北方到南方去，常常就要搭一整天的火車。於是，吃的、喝的與書籍、玩樂，全得自己帶上車。年輕人把椅子旋轉成面對面的四人席，便玩起撲克牌，明明是四個人的座位，卻擠上六個人、八個人，有時忘情的喧譁起來，遭人制止便又壓抑著興奮和雀躍。

朋友說她最喜歡的，是隨車服務員在玻璃杯中為乘客沖茶，注入熱水的那個場面。一手翻開杯蓋，另一手注入熱水，茶葉在水中漂起，杯蓋瞬間蓋好，這絕活看得她目瞪口呆。

我說我最喜歡的是鐵路便當，圓形鐵盒裡的米飯特別好吃，大大的排骨肉好入味，還有開胃的酸菜，一顆滷蛋與豆干。記憶中，雖然是一家四口搭火車，卻總是買兩個便當，因為沒有吃夠，所以鐵路便當留給我的印象永遠那麼美味，就像淺嘗即止的愛情。

我和朋友上車前，先在火車站買了溫熱的八角形便當，從松山站上車，迫不及待打開來，大快朵頤。才咬了一口排骨，車廂裡的照明驀然熄滅了，只亮起一排緊急照明。朋友看了看我，我立刻安撫她：「別緊張，這應該是省電裝置吧。環保嘛。」我說著，又咬一口排骨。朋友進食的速度放慢了，她說：「可是，前面車廂都是亮的啊。」「是嗎？」我探頭看了看，確實如此。「可能是我們剛好坐到了環保車廂吧，就像是婦女夜間乘車的月台那種，貼心的設計啦。」朋友半信半疑的點了點頭。火車進入台北車站之後，列車長宣布，我們的列車因為供電系統出問題，需要搶修，暫時停駛，趕時間的旅客請換乘其他列車。啊，真相大白，原來是故障。

「我們剛好坐到環保車廂？」朋友樂不可支的取笑我：「好貼心的設計喔！」

我們大笑，完全沒想要換車，只想開心的把便當吃完，反正，搭慢火車就沒想要趕時間的。當我們吃完便當，供電修復，火車再度開動了。

來到三義的龍騰斷橋，我打電話回家跟母親說搭火車的事，母親說她也有好多年沒搭過火車了，然後又問：「火車上還有沖茶的嗎？好想念啊。」自從一九八〇年之後，火車上就不再有沖茶的服務了，這樣的絕技，也將要失傳了。我想告訴母親，但對她來說，這可能只像是昨天的事，於是我便對她說：「改天我們一起坐慢火車吧。」

感官的快樂

吃飯，是感官快樂的來源。
不僅給予了身體營養，也提供了心靈養分。

我從擁擠的澀谷來到喧囂的新宿，身邊的人都是腳不沾地的迅速移動著，整座偌大的車站彷彿有著脈動，是一種猛烈急促的心律，如果跟不上，似乎就要被整個世界遺棄了。我在JR中央線的月台椅子上坐下，等候著開往三鷹的車，候車的人明顯減少了，坐在那兒，春天的風吹過來，令人很放鬆。

又一陣風來，我深深呼吸，竟然聞到了血腥味，我的感官立即緊繃，

是的，確實是血腥味，哪裡在流血？我環顧周圍，寥寥無幾的候車乘客或是掛著耳機，或是滑著手機，看起來都安然無恙，可是，又一股血腥味撲面而來。我低頭，在座椅下方看見一捲衛生紙，染上鮮血的豔紅更突顯了衛生紙的雪白，那血的顏色和氣味顯示它的新鮮程度。我彈起身子，遠遠避開，受傷的那個人已經離開，而留在此地的鮮血仍呼喊著痛。

列車進站，我立刻進入車廂，想將留在眼底的血色與鼻管中的腥味全部遺忘。

這一站，我們要去西荻窪，一般觀光客不會到訪的地區，沒有著名景點，也沒有購物中心，就只是市民過著尋常生活的所在。然而，那正是我渴望造訪的，心中真正的日本。

從西荻窪站走出來，人們行走的速度放慢了，像是劇烈跳動的心臟突然被鬆綁，找到了舒緩的節奏。穿越小小的市場，便走到了住宅區，決定模仿貓的步伐，沒有既定的目標，也不在意何去何從，就只想隨意走走。

「我們就這樣亂逛，看能走到哪裡去。」我對同伴說，而後調整背包，挺直脊椎，做好走長路的準備。可是，路走得並不長，就被巷弄中屹立的一幢木造古民家所吸引，深褐色的木頭，有著歲月的痕跡，走近一看，才看見微小到難以辨認的店招牌，原來是服裝、雜貨與Café複合式店家。

那正是午餐時分，因為早餐吃得不少，並沒有感覺到飢餓，心裡的盤算是，就算踩到地雷，也不會壞了好心情，不妨試一試。於是，點了鮭魚套餐，半開放的廚房裡，裹著白色頭巾的師傅有男有女，都是年輕人，輕巧的忙碌著。店裡陸續進來的都是本地人，有五、六十歲的婦人，穿著棉麻衣裳，圍著花色優雅的輕薄圍巾；有推著嬰兒車的年輕母親，裝扮如同雜誌上的模特兒；也有從遠方來到的旅人，除下沉重的行囊時吐了一口氣。

在輕言巧笑的氛圍中，我讀見了菜單上的幾行話：「吃飯，是感官快樂的來源……」水煮鹽漬鮭魚底部有一層厚厚的香椿醬料，口感出奇的合拍，令人忍不住一口接一口。小碟裡的配菜是黑色的羊栖菜，綠色的蠶豆和蘆筍，以及紅色小番茄，純粹而完整的菜蔬的氣味。當我細細品嘗，來自田園的香氣瞬間流動在感官之間，擁擠、焦煩、喧囂，都離得很遠很遠了，我感到快樂。

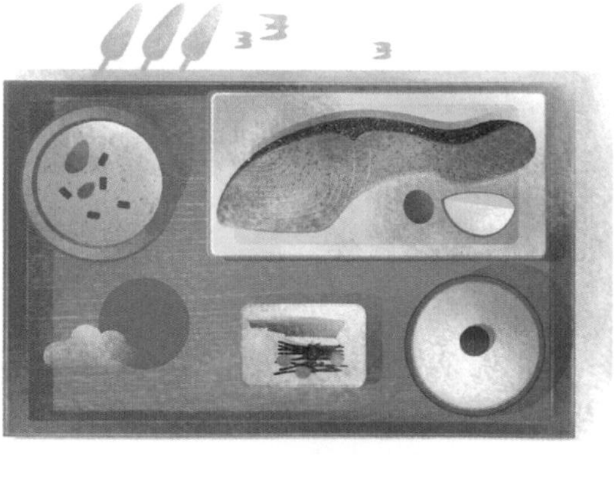

我們出去走走吧

是秋天的午後，寄住在我家的舅舅走到小庭院裡，看了看天色，轉頭對我說：「要不要出去走走？」我不管正在做什麼，立刻起身，套上鞋子，便隨他出了門。那時候，我所居住的地方，四圍都是山，要不然就是灌溉的圳水環繞。拐過幾個彎，我們便走上山路。秋天的山上，長滿一片片蘆草，舅舅走在前面，他通常是沉默的，專注著步伐，也警戒著路上發生的狀況，比方一條蛇的經過，或是對我們狂吠的一條狗，等等。我也不同他交談，跟在他的身後，鬆弛的哼著歌，一路蒐集著可以採摘的蘆草。我們就這樣走上一、兩個小時，心滿意足的回家，喝上滿滿一大杯水，繼續著之前擱下來的事。

我記得秋天的太陽乾燥的氣息；我記得從稻田裡吹來的成熟的風；我記得走著走著突然感到疲憊的倦怠；我記得微微汗濕的自己不肯放棄的堅持。多年以後，我發現自己其實或許是有些過動的，還好舅舅總是邀請我出去走走，走過之後，我才能安靜的坐下來閱讀和寫字。

年近九十的舅舅在美國過世，消息傳回來時，我想到的是他在山徑行走的背影，以及那個背影帶給我的安全感。我們總不交談，那個年代的大人和孩子沒什麼可說的，但，亦步亦趨的跟隨著，也是一種交流。

有一回，我們從山路回來，經過一條湍急的小圳，竟看見一個孩子在水中載浮載沉，舅舅踢掉鞋子，立刻跳進水裡，把那個嗆了水的孩子救上來。孩子的家人也衝過來，向舅舅道謝，舅舅的河南口音與孩子家人的本省口音混雜成一陣喧譁，舅舅說他是個軍人，這是他應該做的事，但圍觀的人愈來愈多，我們後來像做錯事的人那樣，一溜煙的逃離現場。我發覺舅舅走路的姿勢不太對勁，他說好像扭傷了腳，然後，他嚴肅的望著我說：「剛剛的事情不要提了。」我趕快點頭，擔心他以後不帶我出門了。

舅舅離世之後，我突然想到這件事，已經有四十年了，如今，是不是只有我一個人知道？曾經的那些山坡，大部分都被剷平，有的建了高樓，有的成了快速道路，在那一條又一條的山徑上，曾經發生或可能發生的事，感覺都這麼遙遠了，想著不免有些寂寞。

出國旅行時，我也喜歡小小的健行。這個深秋，在日本的伊香保溫泉，搭著纜車到山頂，而後便順著山路往下走，兩旁都是鬱鬱蔥蔥的樹木。樹葉將黃而未黃，陽光照射下篩出層層疊疊的綠蔭，一陣風吹過，令人鬆弛的涼意。突然我看見，地面不只鋪著落葉，還掉落許多毛茸茸的東西。同行的友人嚷嚷：「這個毛怪是什麼？」

「什麼毛怪？這是栗子。」我蹲下來，將毛茸茸的殼剝開，讓小小的栗子躺在掌心。

這就是秋天的，收穫的滋味啊。出去走走吧，否則怎麼感受季節的變換與生命的輪替呢？出去走走吧，儘管我已不是小女孩了，這仍是我最期待的邀約。

踏上龜途的夜晚

吃過晚餐吹起微涼的夜風，我從家中出來，一路往河堤的方向前進。等了兩個紅綠燈，便看見那條蜿蜒的溪水，橫在眼前，湯湯的奔流著。我總在走下河堤之前，先走到明亮的橋上，俯瞰著河堤的自行車道與人行道，兩旁燈光煌煌的照射，左岸與右岸中間的那條溪，仍然莊嚴的流動著。如果是白天，就會看見魚兒翻起白色的光，那光直射入眼中；就算是夜晚，我也能想像，魚兒推擠著越過淺灘的快樂。

現在的河堤步道修葺得如此整齊潔淨，可是當我還是個孩子的時候，這不過就是一條野溪，溪畔怒長著比人還高的雜草，石灘上就是我們的遊

戲場，打水漂兒啦、捉迷藏啦，仰頭看著石橋墩裡歸巢的燕子。

當野溪因為颱風或豪雨的激怒而失控，便氾濫成災。洪水衝進大學校園，淹死了幾個大學生，事態突然嚴重，於是，才築起了河堤。野溪野性難馴，十幾年前又爆發一次，成了政治人物攻訐的材料，於是，堤防築得更高，彷彿是把溪關進了高牆裡面，再也不能撒野了。

前些年自行車的風潮正盛，河堤上各式各樣的自行車宛如活動型錄，如今稍稍退潮流，夜跑與健行的人多起來了。常有朋友約著我去這兒健走，去那兒健走，企圖完成日行萬步的健康計畫。

然而有一天，無意之間走過明亮的橋，俯瞰著河堤黝黑發光的柏油路，路旁蔓延的草地，草地上傘一樣張開的綠樹，那道路隨著溪水的身段曲折而行，原來是如此的遼闊美麗。也許是因為一直很靠近，竟然視而不見了。於是，我對朋友說：「下一次到我的河堤來走走吧。」

「好啊好啊，什麼時候？」朋友很起勁，我卻沒有回覆。

家中年老的父母相繼生病，我在醫院與工作行程中奔波，有時無法睡眠，也會想念起河堤上的那棵樹，想像著自己坐在樹下讀一首詩，或只是倚靠著樹幹閉上眼睛，感受到陽光環伺卻無法透進過於濃密的葉縫，於是得著輕盈的陰涼。也好想再回到堤岸邊，踏踏實實走段路，卻都不可得。

夏天來臨時，一切狀況穩定些，我又重新回到河堤步道。午後雷陣雨驅走了暑熱，穿著短T快步行走也只微微汗濕，我從橋上下來，走到河堤上，發覺雨後的溪水依舊湍急，雖然被河堤拘禁，還是隱藏著勃發的生命力，歲月催促著我衰頽，竟然沒有催促它啊。

走了十幾分鐘，遇見幾隻蛤蟆，大剌剌停在馬路上，入定一般動也不動，我只好跳躍著避開牠們。而後遇見一隻台灣斑龜，橫越行人道與自行車道，目標十分明確，速度保持一致的往大馬路挺進，就像是牠已經有約了，必須準時履踐的樣子，這麼有紀律又有決心的斑龜，不知怎麼的，竟像是帶著某種隱喻與啟發那樣的，讓我想要追隨。

在炙熱暑夏來臨之前，能有多少個踏上「龜」途的夜晚呢？

一直一直走向海

當我們駕著租賃的車緩緩駛入住宅區，我真的有點疑惑，今晚落腳的Airbnb真的在這裡嗎？傳說中的大海沙灘就在附近嗎？這一場秋日旅行來到了旅伴前半生最重要的青春生活場域，我們選擇投宿在距離市區與金門大橋都不遠的舊金山日落區。

核對門牌之後，房東出來應門，是個身形嬌小，滿臉帶笑的澳門女生。她與父母和丈夫買了兩層獨立房屋，一家四口住在一樓車庫改建的房間，而將二樓整層出租，「這是我們供樓的方法囉。」女生這樣說。

廚房裡堆滿了許多零食、咖啡、茶包、可可粉、義大利麵、泡麵等等，這是我們在美國人經營的民宿中未曾受過的款待。

出了民宿，順著下坡路走著走著就到了遼闊的海邊，面對太平洋，正好坐下來觀賞一場壯觀的日落。

我一直記得，日落後我們在廚房裡煎牛排的香氣；將義大利麵煮得彈牙，拌攪著番茄醬料炒蔬菜；豌豆仁一顆顆翠綠色鋪在盤中，令人食指大動。在民宿裡度過的愉悅時光，勝過家裡或是五星級旅館，我漸漸愛上了民宿。

我也曾投宿在台灣東海岸一間極有建築風格的民宿，緊鄰大海，整夜都能聽見浪的吟唱聲，那卻是無法入眠的一夜。

民宿主人告知房內沒有冷氣，並且吸收了整天炙熱陽光，溫度比較高，不過已經準備了風扇，應該沒什麼問題了。等我們爬上陡峭無扶手的階梯，推開房門就傻了。黑色建築像個吸熱板，把房間變成一台烤箱，悶熱異常。幾台工業電扇呼啦呼啦的響著，然而門窗都很狹小，熱氣根本排不出去。煎魚一樣的在床上翻來覆去睡不著，我們只好出來，在露天陽台上坐著，吹海上的涼風，那時是五月，外面的空氣其實很宜人。我於是瞭解，民宿建築獨具特色固然很有吸引力，要能住得舒適才是王道。

去花蓮旅行時，我總會住進法采時光，它不以建築風格取勝，是一幢市區裡的老房子，重新打造成適於居留的文青感民宿。房間裡除了床以外，就是音樂和書籍，安撫了旅人的煩躁與風塵。每過幾年就要重新定位，調整經營方向，正說明了民宿主人有著永不饜足的追求，也正是法采最迷人的地方。來過這裡投宿幾天的旅人，常常和主人成為朋友；去過幾趟的人，更覺得這就是自己安在花蓮的家了。每次去都睡得安穩，早晨吃著弓箭手廚師料理的豐盛早餐，還想著待會兒要帶哪些美味的蛋糕和果醬回台北。

大海就在不太遠的地方等待著，我可以去看海，也可以不去，覺得自在。

若是山上和海邊的民宿要我選擇，我必然選海邊的。我想赤著腳從房子裡走出來，一直一直走向海邊，鋪一張野餐墊，拾一段漂流木，被海水沖刷得那樣柔滑，枕在後頸剛剛好，就這樣隨意躺下，天空完整包覆住我，感覺著無邊無際的安全。

如果順手帶著一個野餐籃，便取出剛剛烘焙好的小蛋糕，冰鎮過的白酒和水果，等待日落，遠方可能有幾個踩著浪花嬉戲的孩子，不時發出尖銳的笑聲或叫聲，也許只有幾隻海鳥盤旋在空無一人的海邊，就是一個理想的下午了。可以在此逗留，有一種海枯石爛的永恆感。

03

穿越巷弄時，彷彿被什麼輕輕呼喚著，
轉頭一看，
原來是一叢樹葉，
被夕陽照得透亮。

它不像樹葉，倒像是燦燦的發光體，
在風中顧盼自得。
哇！真的很美呀。
我讚歎著，
謝謝你召喚我，
給了我只是微小的快樂，
卻令我不捨離去了。

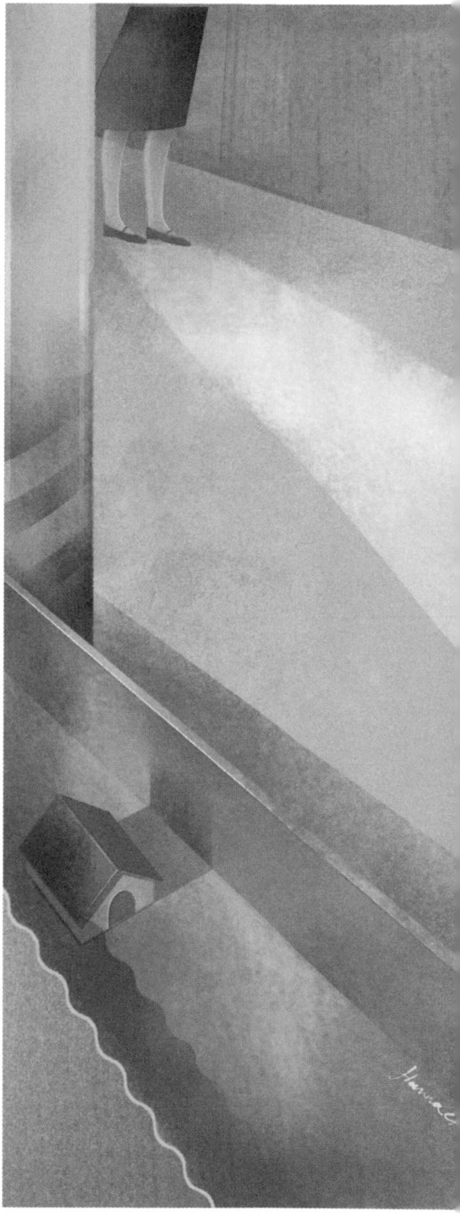

印象派落日

當纜車慢慢爬升，眼前景物變得立體起來，盆地周圍的山，漸漸矮下去，那一輪火紅的落日，就這樣閃耀起來了。它是活生生的，古老的存在，不斷焚燒著，把天空燙得鮮紅。如果靠近一點，或許還能聽見它的呼嘯，只是我們必須和它保持安全距離，於是只能臆測，那是宇宙開闢時，穿透鴻蒙的極尖銳的號叫？

當纜車升得更高，落日降落一些，我便和它到達同一個高度了。城市裡高高低低的建築物，有時候遮住它，而角度一改變，它又掙出來，一逕輝煌著，點燃了一叢叢高樓。那些高樓瞬間透明了，頓時像一片燒燬的廢墟。彷彿是末日之後，生活在培養皿中的青年們奮力逃回所謂現實世界，見到的第一個荒涼景象。

我自己的落日印象，在少女時代，是發生在河床上的。那時我是個存在感很低的五專生，自卑、怯弱，找不到生活目標，一連串的聯考挫折之後，只想著別再讓父母親丟臉，順順利利畢業，那就好了。偏偏數學很差的我，必須修習統計和會計，如果初級會計當掉了，就會擋修高級會計，肯定是畢不了業的。每位學長姐都對我們耳提面命，千萬不可掉以輕心，而我也確實很費了一番心思，結果成績揭曉，依然是不及格。

我去學校查了成績之後，便一個人默默走到學校對面的溪邊，一直的往水裡走去了。一直很關心我的好友，在堤岸上大聲叫我的名字：「妳要做什麼？妳在做什麼？」我遲疑的看著她，久久不能回答，只感到虛無的絕望。她奔跑著從斜斜的坡地上滑到我面前，氣喘吁吁的看著我，有點顫抖的喊著：「有什麼了不起？當掉了有什麼了不起？以後會發生什麼事都不知道，妳不要發神經好不好？」她一邊對我喊著，一邊用手背把臉頰上的淚水揮掉。

我沒有哭，只是和她一起退回堤岸，坐下來，看著一輪亙古的落日，把天邊都燒得紅通通，那天的落日是那麼壯觀，而我不知道明天會怎麼樣，也不知道未來會怎麼樣。想都不敢想，可是，當她對我說：「我們要一起長大，好嗎？妳答應我。好嗎？」我竟然就點了點頭，答應了。

我的不及格事件後來幸運的有了轉圜，為了初級會計當掉而延畢的同學卻很多，大家也都長大了，各自找到人生軌道，或輕快或沉重，到底都一路向前了。我和一起看落日的好友，一起長大了，卻也各自經歷許多比不及格和延畢更嚴酷的挑戰和挫傷，但我們總是互相打氣，有時候說起那個一起看落日的重要時刻，像是一種見證或約定——我們總能度過難關的，因為落日之後，又是新的一天。

纜車上與我對坐的父母，轉身看著那一輪墜落的太陽，將近九十歲的父親已經看過太多，他看起來像落日一樣疲憊。母親卻興味盎然的催促我：「快點拍下來，實在太美了啊。」我舉起手機，拍下的是一張莫內印象派那樣的落日，啊，辛苦了，落日君，明天還能給我們嶄新的光芒嗎？

牆上的第凡內藍

和朋友吃完沙茶火鍋，準備回家時，經過了咖啡專賣店，朋友說她要買一袋現磨咖啡，於是我們停下來。那間咖啡店不管什麼時候都充滿顧客，除了本地人，還有香港、大陸、日本、韓國的觀光客。有的是拿著旅遊書按圖索驥，專程來採購的，有的只是來聞香。為了不擋到動線，我往外挪移，站在騎樓靠牆的地方，牆上一塊金屬板引起了我的注意，銀灰色的金屬板雖然還沒有拆除，公用電話機卻已經消失了。我還清楚記得，西門町的這個街角，手機還沒有發明的年代，我曾經在這裡投幣打過電話。

電話鈴聲響起，不超過五聲，就會被接起來：「喂？」是和煦的，帶著笑意的聲音。

「咦?你在家呀?」不就是因為知道人家在家,所以才打電話去的嗎?年輕的我真會裝腔作勢。

他總是在家,因為一直沒有工作,偶爾搞些創作,或者接點案子,多半的時候,他就待在日式平房中,澆花、餵魚、逗鳥、等待屋簷上的貓咪跳下來吃飼料,有時候可以等很久。他對貓咪的耐性就像對我的一樣多。

「我不在家,要去哪裡?」他說著,夾帶呵呵的笑聲。

「喔……」我可能輕輕嘆了一口氣。

「妳在哪裡?又迷路啦?」這已經不知道是多少次,他叫我別走開,在原地等著,而他很快就會騎著機車出現。

我不一定真的迷路了,也許只是喜歡聆聽電話接通時,錢幣「空通」一聲掉落的聲音,好像直直墜入我的心臟。

小時候的公用電話是紅色的,只能打市內,無法打長途。第凡內藍的長途電話在牆上紛紛懸掛起來的時候,真令人興奮,倒不是我有那麼多長途電話要打，而是因為它的顏色好看。

念大學時，我每天通車時間約莫三到四個小時，當時捷運還沒施工。從外雙溪回家，在天水路轉車，那裡有間咖啡館，飄散著虹吸或冰滴的香氣，怕生的我不敢走進咖啡館，便在街角打公用電話回家，請母親先煮好一壺熱水，待我回家便可以沖泡一杯即溶咖啡喝。通常是下午時分，我和母親對坐在桌前，一人一杯咖啡，加上咖啡伴侶和許多糖。我喜歡嗅聞咖啡的香氣，直到喝了咖啡會失眠與心悸，這樣的午後咖啡時光才終止。

像我這樣一個深度戀家，與父母關係又很緊密的人，過往是很甘願被情感綁架的，不管去到哪裡，只要在外過夜，必然瘋狂尋找藍色公用電話，好打電話回家報平安。如果找不到公用電話，簡直狂亟到無法成眠，弄得同行旅伴神經緊張。

曾經有位姐姐對我很好，她邀我去家裡吃飯，我搭乘計程車，在離她家兩個街口的轉角，看見她的先生提著一袋東西，滿面春風的在講公用電話，笑得好開心，與平日裡不苟言笑的模樣迥然不同。到了姐姐家，她說先生出門幫她買水果，可能迷路了，半天都沒回來。姐姐後來退休了，跟先生一起去美國，住在兒子家附近，從臉書上看起來，她很滿意現在的生活，先生與她的互動也很親密。

我慶幸當年什麼話都沒說，吞嚥了一個祕密。想像著自己，如同第凡內藍公用電話，什麼都明白，卻從不吐露。

口中的酒鄉

自從圓滿完成了英國之旅，便又躍躍欲試的將眼光望向德國，因為去過德國的朋友，談起他們的經歷總是充滿喜悅與滿足，最終結論都是：「如果有機會，還想再去一次。」於是，我和旅伴們開始規劃德意志之旅，好好考驗一下我們的意志。已經去過德國的朋友，給了我們完整的行程表，並且向我推薦了「斑鳩小巷」。然而，我們規劃了自己的行程表之後，「斑鳩小巷」似乎是無法排入的了。這就是緣分，世事不可強求啊，我對自己說。可是，我們原本在法蘭克福停留三天的預定景點，到了第二天就消耗殆盡，於是，旅伴們將旅遊資料攤開來，指著呂德斯海姆，輕聲唸出了：「斑鳩小巷」，我的心，輕盈的震盪了一下。

一個多小時的火車，從法蘭克福到達呂德斯海姆，輕輕踏上了斑鳩小巷，不到一百五十公尺長，汽車恐怕都難以通行的寬度，果然是名副其實的「小」巷。那些斜背屋頂與石板地，卻能讓人瞬間穿越，回到那舒緩優雅的年代。彷彿應該戴著裝飾了花朵的小帽，撐一把圓傘，微微提起曳地的裙襬，一步步往高處走去。小巷入口處懸掛著兩隻斑鳩站在一串葡萄上的標幟，也就標示出呂德斯海姆的身世，它是個充滿葡萄園的酒鄉。順著小巷微微登坡，便可以搭纜車從高處俯瞰萊茵河與古城風光。

纜車像個扁扁的盒子，白鐵造成，相當簡單，感覺是百年沒有更新過的款式，但它依然能高高升起，讓旅人發出讚歎，對著河流，對著如同模型般高高低低的尖屋頂。到了山頂，時尚美麗的一對母女，張起一把大傘，用水晶高腳杯賣葡萄酒，花五歐元，就能買一杯紅、白葡萄酒，慢慢享用。旅伴們一人擎一隻酒杯，我們來到更高處，坐在草坡上，對著在眼前鋪展的萊茵河，喝一杯甜甜的白葡萄酒，身後的樹林吹來陣陣涼風，如果躺下來，立刻就能進入夢鄉。

因為酒鄉的召喚，我們不能進入夢鄉。從山頂徒步下山，穿過一座又一座葡萄園，正是盛夏時分，架上的葡萄結實纍纍，綠色與紫色的葡萄珠交雜在同一串葡萄上，標示著時間——有的已經成熟，有的仍需要等候。

豔陽為了催熟葡萄，毫無遮蔽的照射著葡萄園，也照射著我們，然而我們不適宜催熟，必須有個陰涼的所在，可以好好休息。

於是，回到斑鳩小巷，進入有著小小噴水池與葡萄架的Rüdesheimer Schloss餐廳，在樂手演奏手風琴的樂音中，在烤得焦酥又軟嫩的厚豬排送上桌之後，點了一瓶二〇一四年的白葡萄酒。只有一年的時間，仍可以感覺到葡萄本身的果實氣息，舌尖傳來的是一種嬌媚的甜。朋友說的是對的，我果然喜歡這裡。我仰起頭，啜飲一口，將整個酒鄉輕輕含住。

屬於我的那塊鉛

那是在驚蟄剛過，霧霾籠罩全城的一個午後，由朋友領路，來到後車站舊區，轉進一條細小的巷子，找到了位於太原街的「日星鑄字行」。雖然天氣很冷，又逢道路施工，灰煙滿布，然而，踏進那恍如工廠的素樸空間，排列整齊的鐵架上，盛滿一格格的大小鉛字，仍瞬間對我噴發出一種濃烈的氣息。那是關於鉛字與油墨的，一本書的前世，但已不再是今生。

當書籍與一切印刷進入電腦排版之後，我已經很久沒有想起「鉛字」了。排成鉛字，是文藝少女時代對於創作的終極想像。「某某某的文章被排成鉛字，印在校刊上了。」這樣的話語中帶著無比的欣羨，誰不希望自

己的手稿能有印成鉛字的一天？甚至於能在書店裡貼上價格出售；在圖書館中貼上書號供人借閱檢索？多麼華麗，卻又遙不可及的夢想啊。

後來，我出版了生平第一本書，那確實是鉛字排版印刷的年代，每一頁都能摸到鉛字造成的凹陷痕跡，我用指腹輕輕撫觸，貪婪的深深呼吸，紙張與油墨融合的氣味。我細細翻閱著，某個字的油墨有些浸染了，像是使用了過多的情感；某個字的油墨不足，彷彿書寫的人並不十分確定。

我想像著每個鉛字在高溫三百度的熔爐中鎔化，而後被鑄造出新的字，重新排列，成一首隱晦的情詩，或一齣拙劣的劇本。我想像著檢字工人，為了表示對工作的慎重嚴謹，他們穿上整齊的服裝，低著頭從字盤中挑出一個又一個鉛字，他們發覺，這本小說裡用得最多的字是「愛」。於是，他們忍不住微笑，幾乎可以確定，那是個還很年輕、很單純，對生活充滿憧憬的女作家啊。

我也回想起十七歲那年，念五專時，第一次走進中文打字教室。金屬的、巨大的打字機，需要握住一個把手，前後左右的移動，找到字盤上的常用字，便拉下把手，將那個鉛字咬起來，彈上紙張。趴打、趴打、趴打，我們的檢字速度愈來愈快，原本以為難以馴服的那個機器，成了我的坐騎，在字盤上奔馳著。後來，我和年輕人提起這個經歷，無人可以理解，他們都是用電腦打字的一代。

我和鉛字，縱然有這麼深的緣分，久久不見，竟也生疏了。這一次，朋友送給我的生日禮物，就是「日星鑄字行」的鉛字印章。店家將幾乎要從這個時代徹底消失的鉛字，做出了創意的復活行動，讓它們變成一枚又一枚印章。顧客可以挑選組合自己想要的字樣，打造獨一無二的鉛字印章。

我遇見了三組顧客，一組是香港女生，她們很執著的要拼一個「朕知道了」的四字印章；一組是日本情侶，宛如雜誌封面的穿著，手中拿著旅遊書，神情興奮；另一個是高大的年輕男人，他想要用鉛字印一本詩集，有很多問題要詢問老闆。

我得到的鉛字印章只有一個字，它的稜線很美，散發著銀色的光芒，有種穩固長久的感覺。不再有鉛字排版印刷成書的我，一個作者，所幸擁有屬於我的那塊鉛。

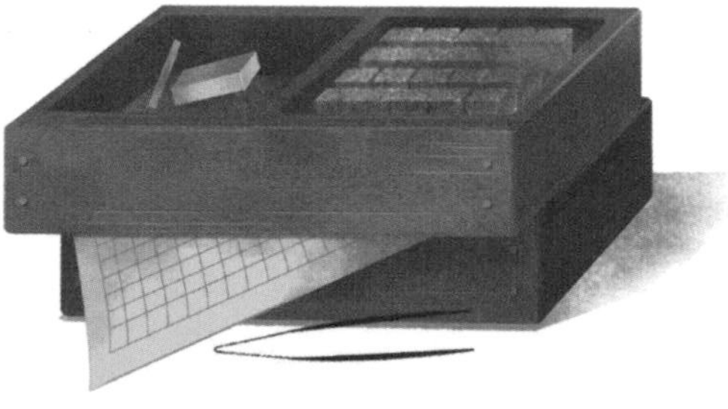

江南今夜沒有雨

江南有雨嗎？夢裡有風嗎？明天的你呀，要從哪一個城市出發？
江南有雨嗎？夢裡有風嗎？明天的你呀，還有沒有夢想？

許多年前，我停泊在蘇州的那個雨夜，寫下了〈江南有雨嗎〉這首歌，展開了與華語流行音樂的第一次合作，作曲者與演唱人是周治平。而此刻乘坐著上海虹橋到蘇州的高鐵，平穩舒適，半個小時就抵達了，耳邊再度響起這首歌的旋律。有自己寫的一首歌，陪伴著自己到特定的地方旅行，感覺真的挺酷的。

當年大陸探親旅遊剛剛開放，我陪著父母到北方探親之後，安排了江南的旅行。二十幾年前，旅遊風氣還沒盛行，我們從無錫抵達蘇州，站在陳舊的火車站外，一輛出租車也找不著，四顧茫茫之際，兩輛三輪車在面前停下來。約莫三十歲左右的兩個精壯車夫，一陣風的將我們的行李扛上車，就這麼拉拉扯扯之間，我和媽媽坐上一輛，爸爸和行李坐在另一輛，駛上了蘇州街頭的石板地。

車夫操著濃濃的蘇州口音，一路吆喝著，在街上全速前進。兩輛車有時並轡而行，有時一前一後的爭競前進，遇見其他車夫打招呼，便大聲炫耀著：「台灣來的，台灣來的！」當我們這輛車超前，媽媽總要不放心的回頭張望，我對她說：「爸是男的，不用擔心啦。」「不是啦，行李在那裡啊。」什麼？行李才是媽媽在意的？

偶爾有輛車經過，看見車夫不要命的狂飆，便按兩下喇叭警告。「早知道還是搭出租車好些。」媽媽嘆了口氣。

車夫轉頭對媽媽說：「汽車多貴啊，用汽油的。」

「你的車也不便宜啊。」媽媽說的是實話。

「我這個車，是用板油。」車夫挺起背脊，相當自豪。連人肉脂肪這種話都說出來了，還有什麼好討價還價？

那個夏天，我們住宿在賓館，想買火車票去杭州，一趟趟去火車站，卻連一張票也買不到，從白天到晚上，一陣陣的下著雨，雨水打在梧桐葉上，點點滴滴。

我從小小的窗口向外看，全是低低的、黑色的屋頂，牆是白的，橋也是白的。這是一片黑白老電影，我把耳機的音樂調得大聲點，替老電影配樂。

這一次從上海去蘇州，為的是聞名已久的「蘇州博物館」，由世界知名的設計大師貝聿銘先生設計。貝聿銘先生在世界各地設計了許多成功的作品，這一次在自己的家鄉設計博物館，是人生最大的挑戰。八十幾歲的他，走遍了整個世界，重返蘇州，眼中見到的景象與小時候必然不同，他又該如何將蘇州的精神、哲學與美感，濃縮在這庭園之中呢？

那些迴廊、水榭、飛簷、瓦片，屬於蘇州的意象，全被貝大師收攏在袖中，而後一個翻手，成了幾何圖形、照壁、假山與鏡水。只有黑與白兩種顏色，像是太極，也像無限。彷彿什麼也沒有說，就已說盡了一切。

一天一條魚

我並不喜歡貓。比起某些看見貓就興奮莫名的鏟屎官朋友來說，我真的不算是喜歡貓的人類。但是，當喵星人主動走來示好，或乾脆在我腿上睡覺的時候，我也不覺得反感。常聽見某些喵星人被自稱愛貓族的人類狂摸、騷擾到快發瘋，便覺得像我和貓這樣的君子之交，彼此尊重，也是一種良好關係。

從小對貓的印象便是尊貴。小學時到同學家玩，他們住在日式平房裡，而在屋後有間小洋樓，據說是房東的住所，裡面養了一隻白色的波斯貓。同學提起住在洋樓裡的房東，總是神祕兮兮的，說房東是個已經過了三十歲卻還沒有結婚的女人，喜歡穿著黑色的連身洋裝，抱著白色的貓咪在窗前，嘀嘀咕咕的跟貓咪說話。「有時候，她會拜託我媽媽幫她去市場買魚，那都是要煮給貓咪吃的喔，一天一條魚喔，比我們吃得還好耶。」同學跟我說。

一天吃一條魚的貓咪毛色雪亮，行走間有種顧盼自得的尊貴氣質，有一次，我在同學家門外等她一起上學，聽見噗的一聲，便看見那隻貓輕巧的躍上牆頭，從高處俯瞰著我，而我突然發覺，牠的兩隻眼睛，一隻是黃的，一隻是藍的，那種睥睨的眼神，像極了一個巡狩的女王。

這種尊貴的貓，跟出身平凡家庭的我，當然是一點關係也不可能發生的。當同學搬家轉學之後，我再也不往那個方向去了。過了兩、三年，經過垃圾場，聽見一群貓廝打時發出的尖銳叫聲，因為好奇，探頭看了看，竟然看見一隻毛色骯髒的波斯貓竄出來，牠的長毛打結，腿腳潰爛，從我身邊經過時警戒的朝我看了一眼，我的熱血立刻衝向腦門，那一黃一藍的眼睛，此刻不再是雍容，而是悽惶。「一天一條魚」的貓咪，竟淪為街貓，那麼，牠的主人發生了什麼事？

「妳想太多啦，」多年以後，聽完我的敘述，一個鏟屎官朋友冷靜分析：「這種鴛鴦眼的波斯貓就是雜種貓，而且牠們的顏色差不多都是白的，不一定是同一隻啦。」原來竟是雜種貓，我還以為是特別挑選過的珍貴品種呢。

當我過了三十歲還沒結婚，便有人用貓來形容我了：「我行我素，很有主見，又帶點神祕感，像貓一樣的女人。」這話說得充滿偏見，難道不知道有的貓很黏人，非常乖巧柔順嗎？但我確實不是個柔順的女人，也有點我行我素，不那麼樂意討好人。有時看見人類費盡心思喚貓來，貓卻理都不想理；當貓心血來潮時，又在人腳邊轉來轉去，便覺得失笑，像看見自己。

我最想學習的是貓的柔軟身體，每當瑜伽課上遇到難以達成的體位，我總催眠自己：「我是貓，我是貓，我可以的。」如果說有什麼真正與貓相近的，應該就是，一天一條魚吧。
我像貓那樣的愛著魚。

筆如刀俱樂部

我走進深深巷弄裡的店，四面都是玻璃櫃，擺放著各式各樣的鋼筆，而我站在門邊，感覺有些異樣。從店員到顧客，清一色都是男性，一個女人也沒有。店中央有張高桌檯，幾個男人圍住那張桌子，專心的寫字，有時也彼此交談。我在店裡東張西望，晃來晃去，沒有任何人抬頭看我，彷彿我根本不存在。這是在網路上查到的鋼筆專賣店，我想來找一枝適合自己的鋼筆。

到底為什麼突然懷舊的想念起鋼筆來了呢？年輕時我很喜歡用鋼筆，因為那象徵著成年。小時候看見爸爸的襯衫口袋裡總插著一枝鋼筆，他寫字或寫信的時候，抽出鋼筆來，那一手漂亮的字體，連我的小學老師都稱讚，但在戰火連天的年代，他其實只有小學學歷，這筆字到底是怎麼練成的呢？

「我可以用鋼筆嗎？」我期盼著用鋼筆寫出漂亮的字，爸爸說小孩子不適合用鋼筆，等我長大一點，他會把這枝鋼筆送給我。將近二十歲，我終於得到了爸爸的派克鋼筆和半罐深藍色墨水。我把墨水吸進鋼筆軟管中，一捏一放，看著墨水上升，突然覺得好像是一匹小馬，在清甜的山澗中飲水，我真覺得墨水的氣味是甜的。筆尖有著爸爸寫字的痕跡，用一段時間就成了我的手勢和角度了，大人們總說鋼筆不要借給別人，因為每個人運筆的方式都不一樣，鋼筆會壞掉的，鋼筆倒像是個從一而終的女人。

大學畢業便收到了鋼筆做為禮物，上面還刻著字，饋贈者與受贈人的名字和日期，這是屬於我自己的鋼筆了。我用它寫了許多信，許多稿子，許多日記和祕密。某一天，筆尖朝下墜落地面，摔壞了，跌出一灘墨，像壯烈成仁的血漬，觸目驚心。

我後來明白了小孩子不適合用鋼筆的原因，鋼筆是重的，與鉛筆或原子筆相比。我的手指骨特別軟，掌握鋼筆其實很費力，緊緊握住筆管，久而久之，中指與食指都有些變形，中指第一節常常遺留著墨痕。

許多年都不用鋼筆了，也沒想過再用，直到接下二〇一六年台北國際書展「張愛玲特展」策展人工作，有機會翻閱張愛玲手稿，看著原稿上的字，一顆顆分明是鋼筆寫下的，墨色多年來都沒有漫漶，字字清楚鮮明，心中驀地觸動，我曾經也是寫鋼筆字的人啊。

終於有鋼筆專賣店的顧客發現了我這個闖入者，熱心的向我介紹各種鋼筆，他們都是收藏家，身上帶著十幾、二十幾枝各種品牌與款式的鋼筆，像收集名表或名車那樣的，常常在這裡聚會。從他們不經意的稱謂中，感覺出個個都有來頭，卻又十分低調，以筆會友，就像是一個聚義的梁山泊。不同的是，梁山好漢用的是刀槍棍棒，他們用的是鋼筆。那天，我離開時帶走的是長刀研鋼筆，適合女性、書寫漢字、有質感的入門款。

「要常常寫喔，不然墨就會乾了，很傷筆的。」我已經出門了，好漢們仍在癡心叮嚀。就像愛情，擱著不動，久了就會傷心。這個道理我明白。

風揚起你的衣袖

我對萬芳的最初印象，是在ＫＴＶ裡聽見年輕的學生唱〈半袖〉，樂音緩緩揚起，情緒漸漸高漲。在那小小的包廂裡，我感受到演唱者飽滿又壓抑的情感，唱到後半段，幾乎要哽咽了。而我卻在歌詞裡看見了電影畫面般的場景，「你愛穿寬鬆的襯衫，你抗拒任何被束縛的感覺……風揚起你的衣袖，就像一雙白色羽翼，越飛越遠，越飛越遠。」這裡面也有我熟悉的畫面，那個不受羈絆，愛穿寬鬆白襯衫，緊身牛仔褲，騎著機車的飆風男孩。

二〇一八年四月，萬芳在小巨蛋舉辦首次個人演唱會，擠滿了四十歲上下的粉絲，當安可曲〈半袖〉的前奏響起，瞬間逼出許多人的眼淚。那是成長過程中，難以忘懷的一段情，某個人吧。

小時候覺得，最帥的那種爸爸就是騎著野狼一二五，載著一家四口出去玩，兩個小孩擠在中間，爸爸梳著油頭，媽媽用絲巾裹住長髮，呼嘯而過。超載的危險在爸爸穩當的技術中，一一化解，只留下歡樂時光。

我被爸爸牽著，在公車亭等總是不來的老公車，卻常常被那些歡樂野狼一二五攫住視線。媽媽說：「這樣騎車太不優雅了。」她心中最理想的，是《羅馬假期》裡高大挺拔又帥氣的記者葛雷哥萊．畢克，用偉士牌機車載著公主奧黛麗．赫本，穿梭於羅馬大街小巷的浪漫與優雅，高尚的風情。我並沒有特別憧憬，可能從小就知道自己既不是公主，也不具備高尚的氣質。

念大學時，校園裡最受矚目的是騎著山葉機車的男生，他們的後座總是載著校花、班花，一陣風似的飛捲而過。這種時速可達兩百公里的車款很挑人的，因為車身高，如果身長不夠，可是踩不到地的。男籃校隊好幾個男生都騎著這款車，追風也追女生。車速那樣快，換女伴也那樣快。

有個叫阿燦的男生，應該算是最專情的吧，直到被女朋友劈腿了，才悽慘的失戀。有一回，我一路剝著橘子吃，一路上樓，竟在轉角處撞見他瑟縮著身子，坐在地上，彷彿剛哭過。我問他還好吧？他眉頭一皺，好像又要哭了。我不知所措，突然伸出手把剩下的半個橘子遞給他，生澀的說：「別難過了，吃橘子吧。」他愣了一下，接過橘子，而我立刻尷尬閃人。

這件事後來被姐妹淘取笑好久，半個橘子是哪招啊？但我和阿燦卻開始打招呼，有時候聊上幾句。他買過一袋橘子請我吃，我們坐在溪邊剝橘子，一邊聊天，一邊大笑，看溪水潺潺從腳下流過。「妳什麼時候要請我吃飯呀？」他常這樣問。

「為什麼我要請你吃飯？」我覺得不開心。

「沒辦法呀，我要請妳，妳又不肯。」

隔著這麼長的歲月，不得不承認，那時候的我真的很難搞。

放學時阿燦騎車經過，停下來問我：「載妳回家？」

他的長腿緊繃在牛仔褲裡，真的很修長，而我面無表情迅速走過，簡短回答：「不要。」

於是，他發動車子，從我身邊飆過，寬鬆的白襯衫被風高高吹起。我的腳步遲緩了，黃昏的光芒籠罩；溪畔的蘆草；停駐的白鷺鷥；天空的顏色，那愈來愈遠的騎著機車的背影，不確定自己到底不想追還是追不上的某些情愫，都將成為青春裡永恆的回憶了。

在那騎機車不用戴安全帽的年代，如果我的回答是更簡短的「好」，又會怎麼樣呢？

04

日頭赤豔，
走在香港街頭，多麼渴想一杯凍檸茶。
裝在透明塑膠杯裡，
鮮黃色一疊檸檬片，
浮在上面的不是冰塊也不是碎冰，
而是一顆顆冰珠。

只是微小的快樂呀，
完滿了我的夏天。

我的青春銅鑼灣

第一次去香港是在一九八七年，那是旅行團的行程，把香港和泰國包裝在一起，所謂的港泰五天四夜團。說實在的，我對泰國並沒有什麼期待，香港才是我「心之所好」。在泰國吃過螃蟹火鍋，看過人妖秀，喝過鱷魚湯與椰子汁，擎著一株荷花到廟宇裡參拜之後，終於來到香港。

剛從啟德機場出來，就上了遊覽車，接著參觀寶石工廠、手錶工廠，一進工廠，鐵門就在身後降下，導遊和領隊不斷鼓吹這些產品有多麼划算，又告訴我們香港是購物天堂，如果過了這個村就沒有下個店了，等等，團員們開始蠢動，交易一筆又一筆，好不容易終於讓導遊和領隊露出滿意的微笑，可以把我們載回酒店去休息了。

曾經在港片或港劇裡看過的那些輝煌夜景，是我最憧憬的香港印象，然而，我們投宿在一片荒蕪之地，除了酒店高樓建築之外，四處都是暗黑的。我拉開房間窗簾，並沒有看見燈火點燃的海岸，只是一片沉靜的海，偶爾有經過的船隻一點亮光，顯得更寂寞。

我問導遊：「香港為什麼這麼荒涼？」

導遊說：「這是上環啦，最熱鬧就是銅鑼灣啦！」

銅鑼灣銅鑼灣，就像一聲鑼，敲在我的心上。

出門之前，朋友已給了我一張購物清單，名牌包、皮帶、內衣、指甲油等等，眼看時間一點一點流逝，我感到焦慮，如果沒能買到這些東西，該如何交差？所幸第四天下午我們有了四個小時的自由活動，我雀躍的搭上香港地鐵，聽著「嘟嘟嘟嘟嘟」的關門警示聲，宛如天籟。記著導遊的交代，銅鑼灣和尖沙咀是最熱鬧的地方，只要搭乘藍線和紅線，在金鐘換車，就不會迷路了。

那時候的港鐵只有三條線，對依然青春的我來說，根本是小菜一碟。如今的港鐵錯綜複雜，對上了年紀的我來說，才真有迷路的風險呢。

終於抵達銅鑼灣，那時還是崇光、大丸、三越、松坂屋一間間相連的繁榮時刻，人潮洶洶湧動。我還弄不清過馬路時應該「望左」或是「望右」，只好一陣東張西望，緊張兮兮越過馬路。手上捏著購物清單，光是挑名牌包就跑了三間百貨，好不容易才選好朋友指定的款式，已經過了兩個半小時，想到還沒著落的內衣、皮帶、指甲油，真是憂心忡忡。那趟香港之旅，我沒有為自己買任何東西，實在是沒有時間想到自己的需求。只有在距集合時間二十分鐘時，口乾舌燥的停在崇光對面的「靈精果汁」攤前，點了一杯奇異果汁，得到一段美好時光。翠綠色的果汁充滿細小冰沙，可以啜飲到果肉，而那滋味是一種清新的酸甜，是順著喉管滑下後，把內在喚醒，變得輕盈的魔力。

我後來每次去香港，必然要去銅鑼灣，來到果汁攤喝一杯奇異果汁。

因為它的口感太獨特，使我日後無法再從其他奇異果汁中獲得滿足。然而，某一天，靈精果汁攤突然消失了，我站在原址，倉皇四顧，無比失落。從此，再也不喝奇異果汁。而後，大丸、三越、松坂屋，這些日式百貨陸續消失，只剩下屹立不搖卻明顯老舊的崇光百貨了。

看著崇光，也彷彿看見自己的青春，就在這條軒尼詩道上愈走愈遠了。

結伴去闖蕩

在母親八十歲之前，身體還很硬朗，一直是我闖蕩香港的好搭檔。我們頭一回到香港自由行，是在一九八八年夏天，為的不是觀光旅遊，而是我的博士論文。文學博士通常要念個七、八年，但我急著四年就想畢業，四處蒐集期刊、論文與專書，聽教授和學長說，內地研究者已經出版了許多專業書籍，香港的二樓書店都能買得到。我說：「我要去香港買書。」母親立刻說：「我陪妳一起去。」於是，我們就上路了。我緊急申辦了生平第一張VISA卡，揣著閃亮亮的信用卡，人生嶄新的里程碑。

搭國泰航空飛抵啟德機場，坐計程車走過海隧道來到銅鑼灣，投宿在利園（Lee Gardens）酒店，每天乘地鐵到旺角，按著學長給的書店名稱與地址，一間間的尋訪。從西洋菜街到洗衣街，再走過奶路臣街，烈日當頭，乾渴難當就在街邊買一碗涼茶來喝。記憶裡滿街都是涼茶，裝在白色的粗瓷碗中，一飲而盡。

我們順著狹窄階梯往上，原來二樓書店其實在三樓，一開門，滿屋子書籍堆積的陰濕糜霉氣味洶洶將人淹沒。大小厚薄的各式書本從地面直堆疊到天花板上，遮蔽了光線，彷彿連空氣都停滯了。我投入其中，翻找著可用的書籍，一、兩個小時飛快的逝去，有時一本也沒找到，有時只找到一、兩本。當我找書的時候，母親在做什麼呢？她提著我先前購買的書籍，沉甸甸的書袋壓歪了她的肩膀，幸運的時候能找到一把凳子稍稍歇個腿，更多時候只能站在書店一角，安靜的等候。每當我感到抱歉的望向她，她便給我一個寬容理解的微笑。

尋書活動從上午進行到下午，我們拖著沉重的書袋，疲憊的回到酒店，一進房間就灌一整瓶冰水，躺在床上，將雙腳高舉上牆，舒緩腫脹的腿腳，有一搭沒一搭的聊天，而後睡去。

醒來時恰是華燈初上的夜香港，我們母女倆來到銅鑼灣街頭覓食，在崇光百貨旁的避風塘海鮮酒家，第一次品嘗避風塘炒蟹。加了乾辣椒的炸蒜酥香氣撲鼻，金黃色澤鋪蓋在亮紅色的蟹殼上，那樣光鮮奪目。我們吃了滿桌海鮮，刷卡結賬，完全無感。等到一個月後，信用卡賬單寄來家裡，我才知道生猛海鮮要付出的代價原來如此沉重。

一九九〇年夏天拿到博士學位後，留在大學專任，母親開心的許下心願：「以後我女兒到世界各地去講學，我就跟著去旅行。」

她自小離家，從河南輾轉來到台灣，依附著兄嫂過日子，心中必然有些不暢意，於是總想著有朝一日要到外面的世界去生活，最好過著遊牧民族逐水草而居的日子。可是，我怎麼可能去世界各地講學？我說她這是癡人說夢，然而，一九九七年竟然真的應聘到香港中文大學任教，這是另一個闖蕩的故事了。

利園酒店已經拆除好多年，改建為購物中心；旺角那幾間涼茶鋪也成了3C用品賣場；二樓書店收了好多家，我試圖和輕微失智的母親一起回憶我們結伴闖蕩香港的往事。她無法回應，閃現出茫然的表情，我知道這一切對她來說太困難了。她因為什麼都不記得而感到抱歉，於是我說沒有關係啊，真的沒關係，給了她一個寬容理解的微笑。

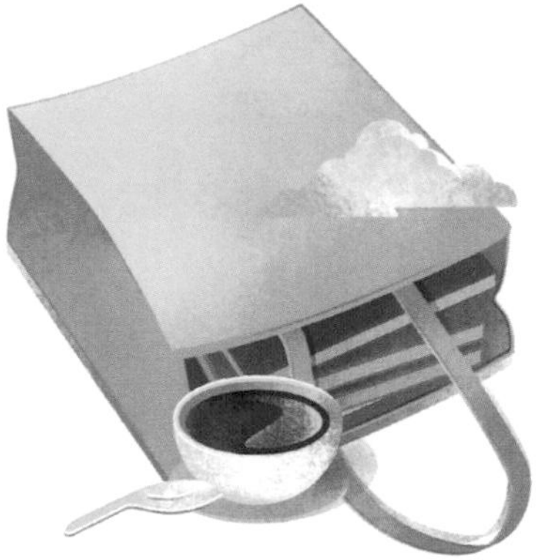

沙灘上的月亮

那一年我到香港去出差，因為合作上的關係，認識了一個香港男人。同團的朋友忙著購物、吃魚翅，我在緊湊的行程之後，只想去一個清幽的所在，得一段悠閒時光。那男人自告奮勇當嚮導，要帶我四處走走，於是，伸手攔了一台的士，就出發了。明明是初相識，竟然沒有陌生的尷尬，車子在山路上轉了轉，便看見了海岸線，天很高，雲很白，視野遼闊。遊艇、別墅、游泳池，一一掠過眼前，景象與櫛比鱗次的石屎森林大不相同，倒像是在南歐。

我們來到一大片金黃色沙灘，夏季的黃昏時分，穿著泳裝的年輕人，三三兩兩從身邊走過，我脫下鞋，踏踏實實踩進沙裡，感覺淺淺的陷落。

身邊的男人說：

「妳知道這是哪裡嗎？這裡是淺水灣。」

淺水灣，這三個字像一個鑿子，一下子鑿出了一道光，張愛玲、白流蘇、范柳原、傾城之戀。

「那堵牆還在嗎？」我莫名的興奮起來。

「什麼牆？」男人有些疑惑。

「這堵牆，不知為什麼使我想起地老天荒那一類的話。……有一天，我們的文明整個的毀掉了，什麼都完了——燒完了、炸完了、坍完了，也許還剩下這堵牆。」我流利的背誦著范柳原的對白，但也只能背到這裡，停住了。

接下來范柳原會對流蘇說：「如果我們那時候在這牆根底下遇見了……流蘇，也許你會對我有一點真心，也許我會對你有一點真心。」

在我戛然而止後，男人遠眺著海平面，他幽微的笑了笑，輕聲說：

「噢，我知道，是傾城之戀吧。」

我的臉一下子臊紅了，還好夕陽正汩汩的沉入海中，天與海都是紅通通的。

我們在臨時搭起來的排檔吃熱炒，看著遊人漸漸散去，沙灘與海水都安靜下來，有一種清場的感覺，為的原來是漸漸升起的月亮。

沙灘上的月亮是一整個的，無所隱藏，我們也就講了整晚的話，無所隱藏的傾訴了自己的前半生。在我們身後，隔著一條馬路，是淺水灣酒店，殖民地式的建築，小巧的、象牙白的雙層噴水池，優雅的發射出柔軟的水柱。

香港淪陷時，范柳原帶著白流蘇來到淺水灣酒店避難，砲聲隆隆中，流蘇感受到了兩人的生死同命，卻也感嘆的說：「炸死了你，我的故事就該完了。炸死了我，你的故事還長著呢！」我和沙灘上的男人，雖然曾淪陷於愛情，卻又在現實的砲聲隆隆中，踏上了各自的路途，他的故事，我的故事，各自各精采。

我後來曾在香港短暫居住，莊士頓道旁的酒店公寓裡，夜夜聆聽電車行進的聲音，聽著叮叮的鈴聲，在秋涼的夜裡低迴著，不知怎麼的，真的想起了「地老天荒那一類的話」。

一九九五年閏八月，第二個中秋未至，我在香港租賃的小樓甦醒，朋友的傳真潦草的寫著：「張愛玲走了，妳知道嗎？」兩、三天後香港書報攤新刊雜誌，都以張愛玲為封面，依舊是誰也不討好的夷然神情。

在香港遇見張愛玲，在香港送別張愛玲，竟有一種圓滿之感。

甜點是一種款待

「妳在香港吃了那麼多美食，哪一餐是印象最深刻的呢？」結束香港工作已經六年多了，到現在仍常常被人問起。每當這個問題出現，紅白格子的桌巾便浮現在我眼前，那是在傳統市場二樓的熟食中心，隱身其中的西班牙小館。

偶然相識卻很投緣的香港友人P先生，有一天故弄玄虛的問我：「有好吃的東西，但是要到街市（菜市場）去吃，妳有沒有興趣？」對香港稍有了解的人都知道，街市裡的熟食中心可是臥虎藏龍，不可小覷的寶地。我馬上翻開行事曆，與他訂下美食之約。

P先生來接我的那天晚上，顯得很開心，他說他特別請老闆幫他留一個窗邊的位子，風水很好的。我們的車停下來，P先生便領著我登上長長的手扶梯，往二樓去了，原來真是個人聲鼎沸的市場啊，公眾座位有許多人大啖潮州菜、水餃、印度菜、尼泊爾菜和粿品，有一片小區域每張桌檯都鋪上了紅白格子的桌布，P先生提醒我，這就是西班牙小館的座位。已經有好幾桌洋人坐著喝紅酒和啤酒了，看起來十分開懷自在。

侍者帶著我們到靠窗邊的雙人座位坐下，雖然在窗邊，卻看不見窗景，因為排滿了一大罐一大罐的飲用水。與其說我們是靠著窗邊，不如說我們是靠著水桶。「我說了，這裡風水很好的。」P先生促狹的笑了。

那一餐，我們吃了暖菜沙律配水煮蛋，蔬菜鮮嫩溫暖，有烤過的甜味，配色又漂亮，吃起來好舒服。P先生點了菜單上沒有的青口，濃醇的醬料十分惹味，我用麵包沾醬吃，怎麼也停不住。而後是西班牙烤乳豬配薯仔、三文魚三拼，有香草酒醃三文魚、酥皮脆絲牛油果三文魚以及低溫油浸三文魚，真是歎為觀止。吃得已經過量，當我偷偷喘了口氣，卻聽見

P先生問侍者：「餐後有甜點嗎？」還要吃甜點嗎？我有一刻發愣，然後就聽見P先生問：「哪一種甜點是最肥的？最甜的？以及最有害健康的？」侍者用一種恍然大悟的表情，簡捷回覆：「明白。」

那一餐，我們是以「拖肥（Toffee）棗布甸」作結的。溫熱如蛋糕的布甸，澆滿了濃甜的太妃糖，配上一球香草冰淇淋，如同P先生說的：「這就是最好吃的甜點了！食完之後，就可以好好回家睡一覺啦。」

甜點於我，一直有著療癒的功效。找尋好吃的甜點，帶我去吃的人，都是款待的心意。那夜回到家，對著窗前璀璨的維多利亞港道聲晚安，果然安穩的沉睡了。

前些日子與兩位好友相約，去到一家法式小館，店主人是兩兄妹，哥哥學的是料理，妹妹專攻甜點。吃完美味料理，期待中的甜點上桌了，密瓜水果塔，塔皮酥脆，內餡是微酸沁香的百香果口味，表面的鮮奶油烘托著一顆顆澄黃密瓜，像是許多綻放的小太陽。

我們歡愉的吃完盤裡的細屑，相視而笑，明白了這份款待的心意。

一九九七的闖蕩

直到現在，我離開香港中文大學已經滿二十年了，偶爾仍會有當年的學生在臉書留言：「張老師，謝謝妳的教導，我們都很懷念妳。」或是在香港辦活動時，聽眾席間有特別投入的，猛點頭，甚至眼中泛著淚光，活動結束後與我相認，說：「張老師，我是妳以前的學生，好高興又見到妳，妳都沒有變呀。」

我一邊與他們寒暄，一邊在心裡想，怎麼可能沒變呢？當年如此青春的學生，現在都是中年人了；當年就是中年的我，已然邁入初老，怎麼可能沒有變？我們都改變了，人生的改變有時不僅是殘酷，也是慈悲。

一九九六年的聖誕節，我正與朋友在香港過節，突然接到電話，詢問前往香港中文大學任教的可能性。這通電話，為整個冬天掀起了很大的漣漪，從小到大我都是個很怕改變環境的人，寧願在不夠理想的環境裡不斷忍受磨合，也不想去一個陌生的環境重新開始。對於未知，總是忐忑不安，無限恐懼。

然而，香港似乎充滿了無限魅惑，讓我的退縮與躍躍欲試劇烈拉鋸。我在港劇裡認識了新紮師兄；在成龍的翻滾中了解了警察故事；在楚原和張徹的武俠片裡知道了邵氏和嘉禾；從嚴沁、亦舒、李碧華到西西，我閱讀著香港的容顏。一九九五年夏日的短暫居留，我在灣仔春園街租賃了服務式公寓，在那裡寫作也寫信，從窗子探出頭便見到莊士敦道上的電車叮叮經過，那時的票價只要港幣一．二元。

決定應聘前往香港教書，確實改寫了我的人生。把自己投擲在一個完全未知的環境裡，只是想給自己一點鍛鍊。剛到中文系時，有位年輕女老師約我去學生餐廳用餐，當我們走進去，滿坑滿谷的人頭湧動，女老師看我戰力微弱，便指揮我先去找兩人座位，她來負責買食物。我點了點頭，隨即淹沒在擁擠人潮中，我的眼睛搜索不到一個座位，我的耳朵被四面八方喧譁的粵語充塞，形成巨大的耳鳴，宛如將要溺死之人。女老師不知過了多久才出現，她拿著餐盒對我說：「走吧！我們離開。」

如蒙特赦，我飛快往外衝，出門之後才能大口呼吸。

女老師似笑非笑的看著我說：「我看妳臉色蒼白，好像快要昏倒的樣子，妳不行啦。」這件事我確實不行，從此都在家中把午餐準備好，帶著餐盒在研究室裡用餐。

然而，在別的事情上我倒是挺行的，比方租屋與採買。

我在朋友的引領下，花了兩天時間，看了將近二十個物業，就選定了火炭的駿景園。而後又花了大半天時間，將所有家具採買齊全。印象最深刻的是一九九七年七月一日香港回歸，當我八月抵港時，新舊錢幣仍在青黃不接的狀態中。英屬時代的女王頭走入歷史，紫荊花錢幣卻很缺貨。我到沙田新城市廣場的八佰伴百貨公司買枕頭、床單，找零的時候沒拿到零錢，卻換了一把糖果。店員表示抱歉，說是因為散紙（零錢）不足，敬請諒解。

糖果的滋味是甜的，店員的笑容卻有些苦澀，或許已經預知了，三個月後八佰伴九間百貨將全部倒閉？不僅如此，回歸前狂飆的樓價，一年之間跌到只剩一半，許多人血本無歸，卻堅強的撐了過來。

一九九七的闖蕩讓我見識了香港大變動的一年，也讓我擁有了改變的勇氣與能耐。只是學生餐廳，我依然不行。

海防道上的樹影

那一天，我站在海防道上，突然覺得自己迷失了方向。其實，我迷失的並不是方向，而是時空感。現在的海防道，對我來說，已經愈來愈陌生了。

二〇一三年寒假，趁著大學假期，我很難得的從台灣脫身，到香港居留一個月。選擇住宿在尖沙咀清真寺對面的酒店式公寓，每天早晨，看著有人在地鐵口派免費報紙，天氣晴朗時，我也下樓領一份，再回到窗前坐下，用新聞事件佐著三文治和牛奶，展開無所事事的又一天。

那時候鐘錶名店正悄悄進駐海防道，卻不像現在這麼多，小超商仍有生存空間，我最喜歡的龍津小食店每天仍然人滿為患。記憶中這間販賣咖哩魚蛋、燒賣等等現煮食品與新鮮果汁的店面，在海防道與樂道交接處，永遠那麼喧鬧，那麼多顧客。二〇一三年的一月不像冬天，熱起來的時候會有夏天根本不曾離開的錯覺。我有時候在九龍公園散步，一會兒就汗濕了，於是回家前特地到龍津買一杯芒果西米露。對我來說，它的滋味甚至勝過某些酒樓的楊枝甘露。

寫信給朋友的時候，我寫下這樣一段話：「今天有個新發現，我們都喜歡的龍津小食取錯名字了，應該叫做津津而不是龍津。它不是在樂道上嗎？『津津樂道』多有意思？」然而我並不知道，那間小食店不久就從海防道消失了，我的芒果西米露也一併消失。

在此之前的幾年，香港好友曾帶我來過海防道，我們循梯而上，坐進二樓餐廳臨窗的座位。他說這是一家澳洲餐廳，也是他自己最近喜歡的，有時候心裡覺得煩，就來這裡坐一坐，喝杯啤酒，心情便好了許多。

「妳看，從窗子望出去，這些大樹像不像一片森林？」那是我第一次看見九龍公園的大樹，在海防道上形成的景觀。盎然的綠意，茂密粗壯的枝幹，確實很像一片森林。臨近的海港城名店櫥窗耀眼，物慾在行人的提袋裡蠢動，這一刻，我卻覺得自己置身於一片青蔥鬱鬱的孤島，安適自在。那天我們聊了許多，好友談著曾經在海外的生活；為了家庭不得不放棄的自由；想要在香港找一片安頓身心的地方，卻很困難的惆悵。到後來，我們的話愈說愈少，好友的酒愈喝愈多。

那時正是年尾，夜深之後，我們從餐廳走下來，海上的風在海防道盤旋。我們把外套衣領豎起，向彼此說再見。我要回廣東道上的旅館，好友要去搭地鐵，正是相反的方向。站在海防道的大樹下，跟彼此道別，說著「要好好照顧自己」一類的話。聖誕燈飾纏繞樹上，發出彩色的光，將樹幹也染成鮮豔的綠色、桃紅和紫色，有種詭魅的氛圍，樹下的我們彷彿也置身在異時空。又像是一個舞台，我們說出口的祝福言語；舉起手向對方說再見，都成了某種象徵的符號。觀眾是多年後的我，只有我一個人，還深深記得。

二〇一三年過農曆新年時，我在酒店式公寓的窗內，俯瞰著各式遊行隊伍，從海防道轉到彌敦道上，熱熱鬧鬧一路前行，只懂得往前走，不值得回頭。

如果我也可以這樣毫不猶豫向前走，那就好了。偏偏海防道令我困惑，眼前是現在的，感到陌生；腦裡是過去的——賣著盜版光碟的店鋪裡，掛在店外的螢幕上，梅豔芳最後的演唱會永恆進行著。

記得要烘底

一路衝鋒陷陣，鑽過人群的縫隙，突圍而出，我的目標十分明確，每一次從這個城市甦醒的第一份早餐，正在召喚著我。按照常理，隔著一段距離，應該就可以看見排隊的蜿蜒人龍，然而，伸長頸子眺望，竟然沒有看見。同行的朋友緊張兮兮的問：「沒人排隊？難道今天沒開門？」應該不會啊，我知道他們固定星期四店休的，心裡是這樣想，腳步卻加快了。還沒越過街，便看見了比平常短一些的人龍。「太好了！」朋友開心的歡呼：「排隊排隊！」有隊可排勝過無隊可排，這就是香港對我們的馴化。

進入人龍之後，就像是等待領救濟品似的，拖著遲緩的步伐，一點一點向前進。然而心中是踏實的，偶爾會有單身一人的本地客，看見長長人龍，不耐的皺了皺眉，而後擠到門口，向服務員詢問：「只有一個人，可以先進去吧？」服務員眼皮子都沒動，鐵面無私指著隊伍：「排隊。」這就對了，管你是誰，管你從哪裡來，都得排隊，真正體驗到眾生平等的意義。

這樣的隊伍，縱使緩慢卻也安心了。眼見前方的客人一組一組被召喚，心中十分雀躍。密切注意白衣服務員面無表情用粵語喊著：「兩位，兩位，入來啊。」他們可不管你們有幾位，而是通知店裡有幾人座位，如果你剛好幸運的符合需求，就可以入店用餐了。聽不懂粵語的人稍有遲疑便遭白眼，遭了白眼還是心甘情願，如蒙特赦的擠進狹仄的卡座中。

我點了每次都一樣的腿蛋治烘底與凍奶茶，交代了要炒蛋不要煎蛋，便有領到天堂入場券的感覺。天堂就是個凡事不用等待的地方，只是天堂的服務員應該更和顏悅色些。砰的幾聲，我們點的餐都上了桌，以一種迅雷不及掩耳的速度。添加了牛奶的炒蛋色澤金黃，口感柔滑細膩，吃過之後總令人渴想不已，配上薄薄一片火腿，鹹度剛剛好，烤過的吐司散發著焦脆的氣味，一口咬下瞬間抵達天堂。

同桌的兩個台灣女孩商量了半天，點了炒蛋三明治又點了火腿三明治，以及其他的東西，卻很羨慕我烤過的吐司，真的很想跟她們說：「下次就點腿蛋治，記得要烘底，就行啦。還有，這一家的奶茶真的是數一數二的好喝呀，錯過太可惜了。」但是我忍住沒有說，盡量努力保持著一個觀光客的平淡與禮貌。

其實，在香港這個地方，我早就不是一個觀光客了——當我知道哪個市場可以買到手磨豆漿；穿越哪條小巷可以更快去到碼頭；哪座公園隱藏著美麗的古蹟；哪家酒店的酒吧可以欣賞一覽無遺的海景。

兩次在香港工作的經歷，加上每年兩次以上的香港旅行，這已經是我今生的第二個故鄉了，有時站在街頭也會有滄海桑田的感慨。而我講得最道地、最流利的粵語，竟然都與飲食相關。「妳難道不覺得香港的服務生都好兇嗎？」曾經有朋友問我。「他們如果不兇，這裡就不像香港了。」我說。

鄰桌兩個日本觀光客指著我的食物點菜，卻被服務生的問題「炒蛋還是煎蛋」的粵語困住了，鬼打牆一般，我實在忍不住抬頭，用粵語嚷著：「炒蛋啦，烘底啦。」假扮觀光客瞬間破功，突然有種回到家的安適與愜意。

讓我們看看海

常常被香港媒體問道：「妳為什麼這麼喜歡香港？」喜歡香港的理由很多，隨處都可以看到海，肯定是一個重要原因。我看過維多利亞港灣繁盛璀璨的燈光和高樓；也看過太古一帶安靜到近乎寂寥的海岸。近年來，我喜歡乘船出發，去離島眺望無邊無際的大海。

香港好友Veronica是我的領路人，頭一次我們搭船去大澳，水上人家的小陽台上，種植著綠油油的植物；沿著海岸行走，嗅聞到的都是蝦醬的濃腴鹹香；路邊長椅上，一對頭髮已經雪白的西方男女，在烈日下展讀，當我們經過時，抬起頭對我們微笑。已經走了好一段路，我仍回頭張望，

總覺得這樣的場景太不真實。他們會不會是穿越時間的旅人?下一刻將降落在澳大利亞的山巔?

我們的大澳之行最後停在大澳文物酒店，弧度優雅的殖民式雪白建築，前身為英治舊警署，如今已成為旅館與餐廳。依地形而建，有種架高的氣勢。我們信步而上，進入餐廳，揀了個靠窗的位置，共進午餐。雖然是冬天，卻有著滿滿的陽光，這也是一直以來香港給我的印象，晴朗、明亮、溫暖，比台灣更南的南方之境。

窗邊有株高大的喬木，樹幹蒼勁崢嶸，彷彿是它將整幢建築高高舉起的樣子。俯瞰樹下的小徑、行人，捱得很近的是碧藍大海。在這裡時間是一點也不稀罕的，我可以消磨一整個下午，直到夕陽西下。

去年深秋，又和Veronica相約去離島踏青，這次從黃石碼頭搭渡輪出發，目的地是塔門。因為選的是週間的日子，島上人跡罕見，只有餐廳裡還能見到少許遊人，我們點了海膽炒飯、墨魚丸和有機番薯苗，品嘗了濃濃海味，最後用豆腐花的甘甜滑潤作結。

島上有許多老房子，古樸的瓦片與屋角，在我看來都比古蹟天后廟更有年代感。「天后寶樓」的牌坊與廟身顯得太新了，紅漆與翠綠琉璃瓦，妝點得像一個新嫁娘。想當年，幾百艘船隻停泊聚集在此的盛況，已不復見，電光華麗風的天后廟感覺更突兀了。

拾級而上，往大草原走去，那樣遼闊的景色，腦中驀然自動播放：「湖海洗我胸襟，河山飄我影蹤。雲彩揮去卻不去，贏得一身清風。」如同楚留香一樣的瀟灑，怪不得是放風箏的最佳地點。我們沒有風箏可放，陽光曬得人鬆鬆軟軟，索性脫下外套，隨意仰躺在草地，看著白雲在藍天上，捲成一球一球的，像一大碗軟硬適中的麵疙瘩。

再走一段路，便看見了牛隻，幾頭牛各自嚼草，意態安詳。這不是我頭一次在香港郊野看見牛，依舊興奮雀躍，掛著鈴鐺的小牛晃呀晃的朝我們走來，我凝望著牛巨大的眼瞳，看見了善意與溫柔。而在另一邊，露營者的營帳旁，一個中年男人正用長竹子擊打牛背，發出驅逐的呼喝聲。男子亢奮的對旁邊露營的年輕男女說，就是要這樣把牛趕走，否則牠們會一直靠近，很討厭。如果不是因為這些牛隻與野趣，人們何必遠道而來？此刻卻又反客為主的以暴力對待牛隻，究竟是什麼心態？

在那刺耳的竹棍箠打肉體的聲響中，我別過頭，感到悲傷，希望小牛可以在我身邊多停留一會兒，讓我們看看海吧。

Hamacher

05

雨停了，天地被洗刷得很清澈，
溫柔的光芒，
籠罩著城市。
燈光一盞一盞亮起來，
黑夜來臨前的短暫駐足，
被眼前的景色打動了。

身為城市人，
這是我喜愛的時刻，
說不出具體原因，
就像一種偏執。

髣髴若有光

小時候搭火車，最愛的就是過山洞，一聲鳴笛，大家都站起來關窗子，為的是防煤灰飄進車廂裡。那是鐵路電氣化之前的回憶了，更是今天搭高鐵的旅人無法想像的景象。雖然在山洞裡都關著窗，然而，漫長的六到八個小時車程，我們的鼻管中依然積存了不少煤灰，得清除個大半天。但我還是喜歡火車鑽出山洞後，猛然走進光亮的瞬間。尤其出了山洞之後便見到湛藍大海，那種寬闊激昂的感覺，是難以言喻的。

台北市的隧道一條條開闢出來，不用搭火車也能有豁然開朗的感覺，我特別喜歡搭乘過隧道的公車。印象最深刻的就是辛亥隧道，從木柵穿過隧道便是第二殯儀館，隧道上方的山區是老舊墓地，靈異傳說很多。天黑以後，搭公車的人稀稀落落，暈黃的燈光照射進來，真的有種詭異感。女鬼攔車啦、鬼母抱著鬼嬰啦，種種恐怖情節，像席捲進隧道的風那樣，一陣陣，永不停息。

隧道剛通車的那年暑假，我參加了實驗劇展的演出，同樣住在木柵的演員大哥邀我一起去排戲，他騎著機車載我，那是不用戴安全帽的年代，我們穿越辛亥隧道去安和路的排練場。出發時天還是亮晃晃的，排完戲已經晚上九點多，隧道裡常常一台車也沒有。在第二殯儀館前等紅燈時，還能感覺燠熱暑氣令人窒息，然而，一通過隧道，立即有夜涼如水的鬆弛感，還能感覺到山間草木的潤濕水氣，我總是大口大口的呼吸。

然而有一天，大哥載著我回家，他突然問：「今天是農曆七月啦，忌不忌諱啊？」我搖搖頭，他踩足油門，我們朝辛亥隧道飆去。「都說這隧道陰哪，一過隧道寒毛都豎起來。」那一次，我除了感覺到涼爽，雞皮疙瘩也站立起來，連頭皮都有些麻麻的。我們的心，原來是很脆弱的，這麼容易受到影響。

在外雙溪念大學，常常得通過自強隧道，相關的靈異傳說也不少。最有名的是夜深時分，大學女生在站牌下K書，見到一台公車緩緩駛來，便跳上車去，找到座位坐下才發現沒有司機，車上一個人都沒有，卻仍緩速前進，於是驚聲尖叫：「鬼啊！有鬼！」

此時車外有人大喊：「叫什麼叫？車壞了，下來推車。」原來司機和乘客都在車尾推車呢。

「哈哈哈哈！」聽完鬼故事的人，從緊繃的情緒中被釋放，開懷大笑，總令我感覺愉悅。因此，提到自強隧道，常是一種「哈哈哈哈」的情緒。我唯一一次走路通過的隧道，就是自強隧道。已經忘記為了什麼感覺悲傷，那時的隧道兩旁有窄窄的通道，可以騎腳踏車或走路，我決定慢慢走出隧道。距離比想像中更長，放棄的念頭升起又落下，而後看見了盡頭的光亮。

我想起〈桃花源記〉的句子：「山有小口，髣髴若有光。」武陵漁人穿過山洞，找到了桃花源，我將穿過隧道，看見怎樣的世界？

現今我最喜歡的是信義隧道，嶄新、明亮、快速，一出隧道就是高聳的一〇一大樓。從木柵往信義區的隧道牆面畫著愈來愈密集的高樓，從信義區往木柵的牆面則是愈來愈茂密的樹林。這樣的巧思有多少人發現呢？我為這樣的發現沾沾自喜，髣髴遇見桃花源。

城裡的速度

有時候他下班已經十點多，便約她去動物園捷運軌道下的河堤聊天，他們一起仰頭看四節車廂從頭頂經過，光亮混合著聲響，像一枚巨大的流星，緩緩低空飛過。

綺綺仰頭專注的看列車，阿晨悄悄看她光潔小巧的下巴，弧度優美的頸項。下一次，他對自己說，下一次列車經過的時候，我一定要吻她。

在台北捷運沒有通車前，我的捷運夢顯得那樣遙不可及，荒涼中卻帶著瑰麗。動物園在我家附近，那條懸浮著的鐵軌，早早就興建起來，宣示著一個新時代的來臨，而那個時代一直沒有來。於是，我和朋友常約著在那條鐵軌下方的河堤聊天，彷彿置身在廢棄的遊樂場。到了一九九六年，第一條木柵線開通了，我以這個場景為舞台，寫下了〈如果長頸鹿要回家〉這篇甜美而憂傷的小說。

一九九九年淡水線列車也開通了，我從外雙溪的大學下課後，先搭一段校車到劍潭站，再搭乘捷運到景美，然後轉車回家。雖然是將近一個多小時的漫長行程，卻一點也不覺得疲憊。因為，經常，在劍潭捷運站的月台上，有個朋友等待著我。朋友從台北車站的方向來，晚上在銘傳上課，我們從不相約，因此，企盼偶遇的心情變得更雀躍。如果遇見了，就在月台上停留約莫一班車的時間，嘻嘻哈哈的聊一聊，然後，朋友趕著上課，我趕著回家吃飯，我們揮手告別。一個星期一次，月台上的默契，從我的腳踏上手扶梯那一刻開始，每一下心跳都是喜悅，因為知道自己是被等待的。

淡水線列車也是一條親情路線，我的伯父獨居在淡水，前些年他身體還硬朗時，自己搭捷運來木柵看我們。後來，他的身邊多了看護，身子漸漸孱弱，變成我們去探望他。我陪著年邁的父母搭捷運去看伯父時，總是覺得，這條路太漫長了，對老年人來說太辛苦。然而若沒有捷運，他們豈不是更吃力？

二〇一四年十一月十五日這一天，淡水新店線消失了，媒體報導了好一段日子。我告訴了母親這件事，她想了想，對我說：「沒關係，反正不用再去看伯伯了。」

那年春天，我的伯父走完了他的人生。最後那段日子，我常搭捷運去淡水陪伴他。因為止痛藥的作用，他有時清醒，有時迷糊，見到我總問：「吃飯了沒有？怎麼來的啊？」「吃過啦。搭捷運來的啊。」對於他還認得我，心中竊喜著。我坐在他身邊，輕輕撫著他皮包骨的手背，聽著他說：「我都準備好了。這一生該做的都做過了，沒有什麼遺憾。」他甚至捐出了大體，這樣豁達從容，無所畏懼。

我在工作中接獲伯父在加護病房去世的消息，仍是搭乘了捷運趕到榮總。同樣的路線，卻是那麼不同的心情。我知道伯父不會願意我為他悲傷，在那擠滿下班人潮的車廂裡，我把身子縮到最小，卻止不住的流淚。

我常覺得捷運或地鐵，就是城裡的速度，快速的把我們帶往目的地，也快速的把過往遠遠的拋下了。

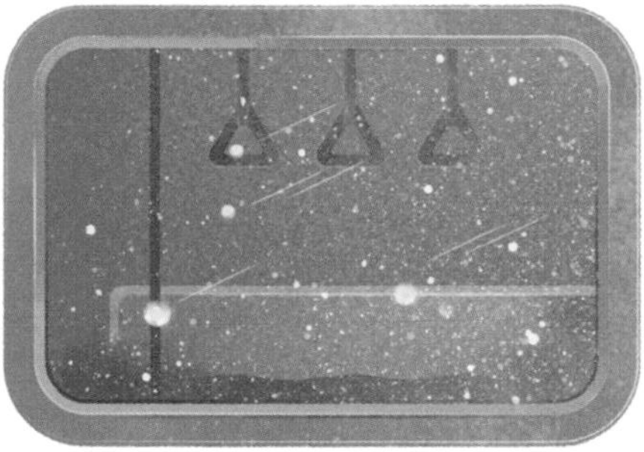

還我長頸鹿

在炎熱的午後搭上計程車，按照我的慣性走一段高速公路的連絡道，剛剛放鬆了身體，悠閒的望向欲雨前的窗景，突然，一個不太協調的畫面闖進眼瞳，我的腦袋停頓兩秒鐘，而後直起身子，脫口而出：「長頸鹿呢？長頸鹿怎麼不見了？」

前座的司機跟著緊張起來：「什麼長頸鹿？動物園的長頸鹿喔？跑出來喔？」

我企圖再看清楚一些，卻已經被速度遠遠帶離了。

「不是動物園的，是福德坑的煙囪啦。」我回答司機。

「喔，那一隻我知道。」對話到這裡結束了，而我的惆悵與失落正要開始。

一九九四年垃圾焚化爐來到木柵，與一九八六年動物園搬遷到木柵，對木柵人來說真是截然不同的心情，後者是辦喜事，前者則有大禍臨頭之感。顯而易見的差別，絕不會有人為焚化爐寫首歌，還能群星大合唱〈垃圾天堂〉。雖然經過許多宣導，由里長陪同專家告訴居民，焚化爐對大家的生活絕不會造成影響。

然而，正式運作之後，空氣中便彌漫著惡臭，特別是在黃昏時分，人們奔波一整天，回到家便要皺著眉頭、掩著鼻子關上窗戶。住的樓層愈高，臭氣愈嚴重，直到夜深之後才能漸漸消散。與專家開過一次又一次會，居民感到疲憊與失望。它的後續影響是捷運木柵線的規劃，聽說捷運即將經過木柵區中心，乾淨、安靜、方便，能提高地價與房價，諸多好處仍敵不過一句話：「都是鬼話！看看福德坑。」已經上過一次當，還能不學乖嗎？

有人發起了請願活動，要求捷運繞道而行，家家戶戶簽名連署，左鄰右舍、認識的不認識的，大家都戴著口罩，在臭氣中簽了名。

捷運改道了，動工了，通車了。新遷居到木柵的人抱怨著：「為什麼捷運沒經過這裡？繞到那麼外圍的地方？不是很不方便嗎？」簽過名的人沉默著，後悔了卻又無話可說。

這種低鬱的氣氛，在那隻長頸鹿出現時，忽然緩解了不少。

有一天，我從住家高樓的陽台上看見了牠，驚喜的大叫：「長頸鹿！有一隻長頸鹿！」

母親聽見我的聲音，立刻趕到陽台來，她以為是動物園的遊行活動，然而，看見煙囪上的長頸鹿並沒有失望，我們都覺得真是神來之筆。長長的煙囪太適合這隻動物的體型了，在草花之中，藍天之下，渾然天成。之後的二十幾年，不管四季如何輪轉，不管我的心情是陰是晴，牠總在那裡注視著我，用一種歡樂的樣貌，天真的神情。開心的時候，覺得牠也很快樂；低落的時候，覺得牠在安慰我：「嘿！沒關係呀，一切會過去的。」

當我出發去中南部，或者從機場搭車走高速公路，看見昂揚一身活力的長頸鹿，彷彿在說：「歡迎回家。」

牠迎接過多少孩子成長？目送過多少成人老去？煙囪現在像光禿禿的紀念碑一樣矗立，總是戳得我眼疼。

「嘿！沒關係呀，一切會過去的。」彷彿聽見牠豁達的說，但我還是捨不得。

牠不是焚化爐的，也不是動物園的，牠是我親愛的長頸鹿。

後記：市政府開放市民投票決定焚化爐的新圖象，長頸鹿以壓倒性票數光榮回歸。

不要太愛我

我並不喜歡栽種植物。

每當投入情感栽種的植物，莫名其妙的乾枯或死亡，我都覺得自己從手指尖到手腕，整個變成灰黑色。人家擁有的是充滿生機的綠手指，我擁有的卻是飄散死亡氣息的黑手指，真的是情何以堪呀？

可是，我是喜歡植物的，每到一個新的住所，就希望能在室內擺上綠意盎然的小盆栽，每天早晨起床後，溫柔的為植物澆水，將它喚醒，幻想著自己的手勢，應當像小王子照顧著玫瑰那樣的無怨無悔。然而，我的植物並沒有像玫瑰愛上小王子那樣的愛上我，它們通常死去了。

有個善良的朋友這樣安慰我：「喜歡植物的人不一定會種植物呀，就像美食家不一定會下廚一樣，有什麼關係？」她送了我一盆據說不管怎麼養都能活的室內植栽，綠色的葉片充滿能量，欣欣向榮。有段時間我真的覺得它能挺過黑手指魔咒，還我一個綠野仙蹤的美好想像。然而，半年之後，葉片愈來愈小了，枝條無精打采的耷拉下來，殷勤的澆水，捧進捧出的曬太陽，到底還是回天乏術。好一段時間我都不敢跟善良的朋友連絡，擔心她找不出話語安慰我，給她添了個難題。

然而我記得小時候的自己，是很擅長栽種的。有時候父母不准我們出門去玩，就在自家小庭院裡翻翻掘掘。庭院裡種著石榴、茉莉、桂花、梔子花、杜鵑、桑樹、柏樹和葡萄，許多樹都是父親插枝的成果。另外有些比較小棵的植物，像是鳳仙、海棠和曇花，都種在奶粉罐裡。我特別喜歡曇花，它的花期那麼短，一個社區裡的曇花約好了似的同一夜開放，花色皎潔如月光。庭院裡的曇花都是我種的，只剪下一段厚厚的莖，插進土裡就行了，從一株變成六、七株，我在庭院裡成功繁殖了曇花。

可能因為孩子更接近生命初始的純粹吧，那時我擁有的不只是綠手指，還是縈繞著香氣的曇花手指呢。

最近一次的黑手指感受，是那個把孩子養得很多肉，多肉養得很孩子的朋友，送了一整盆壯碩的多肉植物給我，告訴我它們多好照顧，我將多肉放在窗邊，常常用手指探觸泥土，總擔心它不夠乾；我不斷移動花盆，希望它們能多曬一點陽光，而它們卻在三個月內塵歸塵，土歸土，終究還是「多情自古空遺恨」了。

秋天，新的學期開始時，工作夥伴興高采烈捧回一大盆仙人掌，真是令人愛不釋手的美麗。「老闆說囉，『不要太愛它』。」夥伴對我說。

不要太愛它，像一則偈語那樣敲在我的心上。仙人掌如果有花語，就該是「不要太愛我」吧，這不是所有關係與情感的警句嗎？靠得太近會被刺傷，水澆得太勤則會爛根，若即若離，得魚忘筌，也許才能地久天長。

煲湯的天分

電梯緩緩上升，門一打開，便嗅聞到空間裡充滿著煲湯的氣味，我在被香氣包裹的時刻，細細品味著，這是黨蔘還是西洋蔘？有沒有放南杏或是茯苓？那股似有若無的甜絲絲，是我最愛的蜜棗嗎？依依不捨的向我的家移動，轉開門，走進去，關上。乾淨的房子裡一點氣味也沒有，我開亮燈，有點落寞的嘆了口氣。如果有一鍋煲湯熱騰騰在爐子上滾著，這該是多麼幸福的夜晚。

距離在香港的大學教書已經二十多年了，這個畫面與氣味一直留在我的記憶中，那是初冬的一個雨夜，我那樣歆羨著一鍋湯，以及共享靚湯滋味的一家人。「妳怎麼知道那是一家人？說不定人家也是一個人獨居啊，

不能煲湯喔？」聽著我有點惆悵的談起那個夜晚的朋友，突然出聲。是啊，為什麼守著一鍋湯的一定是一家人呢？可能是因為從我有記憶以來，好湯總是要和家人一起分享的吧。

小時候家庭環境並不寬裕，父親常常騎著腳踏車買回一大袋牛骨或是豬骨，用砲彈一般質地的快鍋煲骨頭湯，火開了就是一整天，在高溫與高壓之下，骨頭都能煮化了，湯汁濃稠。用豬骨湯燉海帶；用牛骨湯煮羅宋湯，真是難以形容的美味。

「我來我來！」少女時代的我已經懂得為父母親分勞解憂，攬下燉羅宋湯的差事，將胡蘿蔔與馬鈴薯去皮切塊，再含著熱淚委屈的切洋蔥（洋蔥表示：該哭的是我吧？妳哭什麼？），把高麗菜洗淨用手剝成一片片，再將番茄汆燙去皮、切塊。看著湯料依序進了牛骨湯鍋，咕咕嘟嘟的滾動著，少女的心也滾動著，莫名的興奮。

煲湯是一件可以預期的工程，比起變幻莫測，難以應付的人際關係，真是單純太多了。煲湯時放進去什麼食材；用的是什麼湯底；花了多少時間；火候的管控，這一切已經預知了湯的滋味，不會更多也不會更少，完全符合期望，絕不會被辜負，很令人安心。

煲好的羅宋湯上桌了，番茄的酸味提出了蔬菜的甘甜，洋蔥已經燉化了，馬鈴薯被舌頭輕輕一觸，也鬆化了，卻飽含牛骨湯的濃醇，高麗菜柔軟得像絲緞一樣，只有飄浮的青蒜留住一點脆脆的口感。家人圍在桌邊喝湯，一邊讚美著真好喝，那應該是我的少女時代難得的閃亮瞬間。

自從前些年工作室搬到市場對面，我的煲湯模式再度被開啟，夏天裡白玉苦瓜閃著神聖的光輝，就煲個鳳梨苦瓜雞吧。秋天的蓮藕和蓮子上市了，立刻買了肉骨頭準備燉鍋湯，走了幾步看見百合，湯料更豐富了。天氣再冷一點，市場的現炸魚頭上市，大白菜也精神奕奕的等待召集，加上豆皮、豆腐和蘑菇，砂鍋魚頭上桌了。圍著桌子喝湯的是我的工作夥伴，他們總是捧場的把湯喝光光：「妳真的很有天分耶。」

當我去市場挑好食材，清洗的工作便交給我的夥伴們；當我從課堂離開，走進廚房，所有的材料都整齊排開，我掀起鍋蓋，嫻熟的把食材放進去，轉個身又去上課了，讓爐上的鍋嘟嘟嘟的震動著。我想，我不見得真的有煲湯的天分，但我喜歡煲湯，因為這充滿熱氣與香氣的震動，煲出了新的家人。

賣掉自己的家

據說我很小的時候，我們不停的搬家，有時候箱子裡的衣物還沒全部取出來，又要搬家了。但這些無根的遷徙我完全沒有印象，四歲那年，終於有一個安定的居所，父親抽到了公家宿舍，那是我記憶中的第一個家——二層小樓，還有個小小的院落，種植著梔子花、桂花、石榴、桑樹和葡萄。我和鄰居的同伴們穿過一家又一家的餐廳和院子；在自己家和別人家的樓梯上上下下奔跑著；在村子廣場的草地為男孩們的壘球競賽吆喝加油，就這樣剪去了長長的辮子，進入了國中。

公家宿舍後來變成了我們自己買下的不動產，母親的育嬰事業蒸蒸日上，需要更大的空間，有一天父親宣布：「我們要搬家了。」那時我剛考完高中聯考，「不負眾望」的落榜了，成為家人的羞恥印記，可以搬離這裡真是太好了，一點惆悵也沒有。為了支付新家的房價，必須立刻將舊家出售。還沒有房屋仲介的年代，只能委託「掮客」，掮客的樣貌各有不同，有時候是鄰居大嬸；有時候是市場阿桑；有時候是小學老師，帶著形形色色的人來看房子，但都沒有什麼成效。於是又登了報紙的分類廣告，打開報紙總覺得廣告實在太小了，怎麼會有人看得到呢？

新屋繳款的期限愈來愈逼近，父母的眉毛壓得愈來愈低，半夜裡能聽到父親起身踱步，在客廳裡一圈一圈的走著，困獸的聲息。

終於有一天，父親不再歡迎掮客，決定自己的房子自己賣。找到一張全開紅紙，研了濃濃的墨，寫了一個大大的「售」字，底下是電話號碼，貼在臨廣場的窗上，人來人往都能看到。

「欸，聽說我們村子有人貼了好大的『售』字，超誇張的。」同伴笑著說，已經是少女的我面無表情：「是我家啊，哪裡誇張？」

鄰居老奶奶遠遠指著我家窗戶，問身旁的人：「那是個什麼字呀？老眼昏花看不清楚。」旁邊的人回答：「是個『售』字呀。」「什麼？」老奶奶非常驚訝：「誰過壽呀？這麼鋪張。」冷面少女我本人正好經過，幽幽回答：「沒人過壽呀，奶奶，我家賣房子。」

有時候我自己在廣場上看著那扇窗，也感到懷疑，這樣真能賣房子嗎？然而，詢問電話還是來了，滴鈴鈴的響著，父母親都在忙碌，弟弟年紀還小，我刷地一下子接起來，結結巴巴的報了坪數、格局、屋齡、屋況，恨不得趕快說再見。怎麼這麼遜呢？幾次之後，決定力圖振作，好好介紹這幢守護我童年的小樓。

「這是兩房兩廳，一廚一衛的兩層樓，還有一個充滿陽光的小院子，冬天一到，鄰居都來我家借太陽曬被子呢。樓上的兩間房是臥室，和樓下的客廳、餐廳分離，就算有客人來，也不會互相打擾，而且每個房間都有大窗戶，視野很好，可以看見山上的竹子和相思樹喔。後門雖然小小的，可是一出去就是廣場，廣場上的草地可以打球，也可以騎腳踏車……」聽的人有了嚮往，說的人也添了離情愁緒，這就是我生活了十年的地方，是個如此美好的居所，也是我即將失去的家。

還沒開始寫作的時候，我就知道自己很會說故事，說著好故事，賣掉了自己的家。

住在工地的日子

說著精采的故事，十四歲的我賣掉了自己的第一個家，解決了沉重的經濟壓力，於是，我們準備搬家了。確定了再也無法擁有這個家，真正的離情別緒才洶洶而至。站在陽台上和鄰居同伴們打手語的午後；鑽進鄰居家堆滿課外書的廁所閱讀；樓梯下方小儲藏室是我陰涼的庇護所；後門直接通往廣場，那一排防風林是我們玩家家酒時，想像的城堡。

聯考前的一個多月，媽媽把我安置在他們的眠床旁，那裡鋪了一個床墊，放滿了我得努力讀完的參考書與試題，每一天，除了吃飯，我就駐守在那裡。讀到眼睛痠痛，累得再也不能支持，便倒身入睡，睡醒了，洗把臉又繼續讀。臥室的窗簾恆常是降下的，隔絕了炎暑與陽光，也隔絕了我的時間感，就這樣沒日沒夜的，一盞小燈陪著我的最後衝刺。雖然，這樣的衝刺對我的聯考成績並沒有什麼幫助，卻已經考出了有史以來的最高分。因為搬家，我得收拾起這一方聯考戰場的遺跡，不免有些傷感。父母親卻沒有傷感的餘裕，因為有個更結實的難題撲面而來了——在我們與買主訂好交屋時間之後，發覺新房子工程延宕，無法準時交屋了。

於是，我看著大人們展開一連串的協商與談判，最終得出的結論是：因為買主必須準時遷入，我們只好如期遷出，住進毛胚屋的工地裡。

我們住進的工地沒有水電，工人幫我們拉了一條電線，夜晚來臨時，便點亮一盞巨型燈泡。而且，那並不是我們的新家，而是新家的隔壁，我們暫時棲身，工人會趕工將新家的工程做完。也許因為父母親都當過難民，他們隨遇而安的韌性夠強，牙一咬，就搬家了。我記得曾有鄰居提議，可以先把家具搬到工地裡去，我們則分住親戚或朋友家。然而愈是在艱難的時刻，家人的情感愈凝聚，我們還是堅持要住在一起。說真的，住在工地這樣有趣又刺激的經歷，誰想放棄啊？

住進工地之後，所有的家具都隨意堆放著，沒有客廳也沒有臥房，廚房沒瓦斯，浴室沒有馬桶，我們全家人挑了最大的一塊空間，放上幾張床墊，睡在一起。每天都在施工的噪音與飛揚的灰塵裡過日子；用一個大同電鍋料理所有的食物；要養成按時大小便的習慣，因為一天只有幾次能去另一幢尚未賣出的公寓裡借用洗手間。然而，對我們來說，最大的挑戰卻是沒有門。我們暫住的四樓公寓沒有門，連樓下進出的大門也沒有，完全是門戶大開的狀況。父親將我和弟弟的鐵床床架擋在門口，想像著能給闖入者一些障礙，然而這並不能安慰我和母親的恐懼，於是父親從街邊撿回一顆人頭，應該是美容院丟棄不要的，我們為她畫上林投姐的妝，放在鐵床架上，再用手電筒照著她，做為我們的守護者。每夜興奮的等待著闖入者發出魂飛魄散的恐怖叫聲。

常有人來探望我們，他們送來豬油，我們便吃豬油、醬油拌飯；他們送來大西瓜，我們翻找出西瓜刀將瓜就地正法；他們帶來一顆球，我們就在人車稀少的巷子裡玩躲避球。

住在工地的那個暑假，我的人生也掛著「施工中」的牌子，卻是一段逸出正軌的歡樂時光，讓我覺得困難啊什麼的，都只是過渡時期，一切終將變好的。

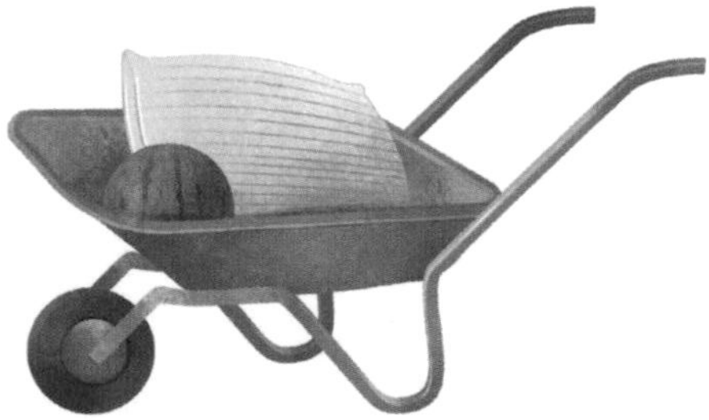

你有多少本事

看完電影走出來，才知道下過了一場雨，或許還打過幾聲雷，空氣變得涼爽許多。而剛剛置身在電影院，那隔絕的空間裡，竟是什麼也不知道的，我想，這就是我喜歡看電影的緣故吧。一年四季，白天黑夜，電影院裡的溫度和光線都是一樣的，雖然坐在小小的卡位，卻跟隨著劇情的聲光，浩大的旅行與移動，那麼短的時間裡，就能對一個或一些陌生人產生那麼深的連結，看著螢幕上的悲歡離合，於是開心的笑了，或悲傷的哭了。而後燈光亮起，發出幸福的嘆息，或是拭去眼角的餘淚，站起身，繼續自己的生活，有一種不管多麼大的苦難都會結束的輕盈感。

以前的電影院當然沒有現在這樣安全、舒適又乾淨，但我一直喜歡看電影。在我居住的小鎮，豆腐店與澡堂對面的橋頭上，就有一家木柵戲院。每個星期，巷子口的戲院看板都會貼出放映的電影和場次，爸媽帶著我和弟弟看了一系列諜報片，像是《長江一號》、《揚子江風雲》、《一封情報百萬兵》……才讀小學的我，已經立定志向，長大以後要當一個情報員，出生入死，報效國家。

戲院門口的查票員睜一隻眼閉一隻眼，我們一家四口只買兩張票，說了一聲：「小孩子不占座位。」就全混進去了，進去之後當然是有空位就坐下了。但我知道我們還算是守規矩的，有些人在開演後半個多小時，查票員離開後，一掀起重重的黑布幔，就溜進電影院了。電影院裡總是垂著隔絕光線的黑布幔，掀開布幔立刻聞到ＤＤＴ的氣味，烤番薯、烤魷魚和烤香腸的氣味，以及某個角落裡鼠窩的強烈氣味，當然還有頭油、香水、汗氣與腳臭。

走過戲院地板，也就一路踩碎了鋪在地上的瓜子殼和花生殼。小學畢業的那個暑假，和同伴們買了票，進戲院看《豬八戒娶親》，拙劣的化裝，低級的劇情，破綻百出的特效，然而，我們卻笑得前俯後仰。其間，一個女生尖叫：「老鼠從我腳上跑過去啊！」我們更是笑到差點從椅子上滾下去。

暑假還沒結束，電影院歇業了，我的童年也畫下了句點。

念國中時，我是個成績很差，學習動機低落的古怪少女，但總能把電影講得活靈活現，許多同學都圍著我，欲罷不能，那應該是我灰敗生活中唯一的亮點。早期黑白默片的時代，戲院裡會有專門為觀眾講解劇情的人，稱為「電影辯士」，當時的我就像電影辯士一樣，喜愛並著迷於聽者臉上煥發的專注與陶醉。

長大以後，遇見一個喜愛電影的朋友，聊起我們看過的那些電影，從楚原式的武俠片到瓊瑤的愛情片，再到鄉土文學改編浪潮。他突然問：「妳有多少『本事』？我收集了厚厚一本。」那些年代，首輪電影院入場後都有一張劇情說明與下期預告的宣傳單，叫做「本事」。我多半在二輪甚至三輪電影院看電影，沒收集過本事。然而，我在老鼠到處亂竄，氣味複雜難聞的暗黑空間裡，體驗過瞬間離開地球表面，進入另一個世界的神奇與美妙。

我發現自己是一個會說故事的人，這就是我的本事。

06

小學堂春日營的課程，
因為放假、學校補課的緣故，
上星期六才畫下句點。
孩子們依依不捨，
說完再見，離開以後，
頓時安靜下來。

拿著掃把做清潔，
一抬頭，
看見了孩子在黑板上畫的一顆心。
不是太巨大的幸福，
卻感到了酸楚的溫柔。

餵養靈魂的香氣

我睜開眼睛，翻了個身，看見床頭櫃上的那串玉蘭花，已經枯萎，呈現褐色。前幾天忙忙碌碌回到家，筋疲力竭爬上床，竟然沒有發現，父親把他最愛的玉蘭花，放在我的枕側。沒有發現是因為，我的嗅覺喪失，已經持續了一段時間了。這段時間讓我有些沮喪，雖然聽得見也看得見，沒有氣味的這個世界，對我來說卻顯得格外寂靜。好像被一個玻璃罩給罩住，對外界的感應都有些疏離。視線沿著玉蘭花爬升，看見那隻粉紅色的擴香瓶，我知道裡面盛裝的是黑雲杉和玫瑰天竺葵精油，是我很喜愛的氣味。然而，這也是枉然，我什麼也聞不到。

許多年前，身邊朋友開始熱衷於精油，熱情敘述精油對磁場的影響，在人生重要時刻發生的神奇效應，等等。我一向是言者諄諄，聽者藐藐，屬於冥頑不靈的最低等級。直到八、九年前的一個契機，開啟了我與精油的緣分。當年已然年邁的父母親堅持操作所有家事，不允許別人來幫忙。母親的說法是：「妳找人來幫忙，那我要做什麼？」父親斬釘截鐵的說：「我不要陌生人來家裡住。」事情沒有轉圜的餘地，只能不了了之。可是，父母親年紀大了，體力不濟，情緒卻很暴躁，為著芝麻綠豆的小事，也能氣憤爭吵，家中氣氛很緊繃，我也倍感壓力。有段時間腳踝腫脹，走路都覺得吃力，有種想要掙脫卻無能為力的沮喪感。朋友見我狀況不好，推薦我試試精油芳療，約好了那位很難約的芳療師，就這樣一腳踏進了一座芬芳的花園。

芳療室在舊式公寓一樓，剛推開門就有幾十種甚至更多的氣味，爭先恐後湧來，向我吐露著各種訊息。芳療師引我到一間溫暖微明的房間，捧出一個大木盒，裡面盛裝了數十個暗黑的小瓶子，她用一種咒語般的聲息對我說：「不慣用的那隻手隨便抽三個瓶子，我們來看看妳的狀況。」我伸出左手，從不同區塊小心翼翼的捻出三隻瓶子，交給芳療師，她從精油解釋了我當下的困境，以及對這三款精油的需求，我記得她的這段話：「妳對很多事覺得無能為力，想逃跑、想要改變，卻做不到，所以，妳的腳踝腫起來，舉步為艱。」所幸芳療室並不太亮，否則她可能就會見到我眼中閃閃淚光了。

從那天以後，我成了芳療常客，聆聽著透過精油，身體想對我說的話。三、四個月後，命運開始轉變，夏天接到一個邀約，成為派駐香港的政務官，推動台港兩地的文化交流，這是我連夢想都不敢的好運。從那以後，我對精油的倚賴漸漸加深，也摸索出自己喜愛的味道。嗅覺喪失後，我感到極大損失，再也無法被香氣餵養的靈魂，該有多麼索然枯寂啊。

清脆的，透明的，冰涼的

坐在莫斯科的普希金餐廳裡，優雅的用餐，一邊把麵包掰開來，一邊和同團的朋友聊天，他們對於我的「不購物旅程」感到好奇：「妳真的什麼東西都不想帶回去嗎？」

樣貌英俊的侍應生，正把一瓶礦泉水倒進我面前的玻璃杯裡，當他將瓶子輕輕放下，我注視著那隻水瓶，柔和的曲線，厚實的質感，表面還有凸出的花紋，是一個手掌剛剛好握住的大小，這就是我認定的，理想的玻璃瓶了。

「我想把這個玻璃瓶帶回去，它這麼漂亮。」我對同團的朋友說。

「喔。」他們點了點頭，看起來依然有點納悶，這樣一個普通的瓶

子，有什麼特別之處？

我喜歡玻璃瓶，已經有好長的歷史了。當我小時候，瓶子這樣的容器，就只有透明的玻璃和不透明的塑膠質材，並沒有寶特瓶這樣的東西。我記得媽媽還在醫院的藥房上班時，曾經帶回一隻暗褐色的大型玻璃藥瓶，洗乾淨之後，放在窗台上，裡頭隨手插了一枝黃金葛。那枝黃金葛後來像傑克的豌豆那樣，茁壯長大，沿著牆壁不斷攀升。小小的我，睡在床上，把腳抬高，盡量伸長，也搆不著它的高度。我喜歡那個厚厚的瓶子，喜歡瓶子裡綠滋滋不斷生長的生命。木頭窗框上的玻璃瓶，白紗窗簾隨著風一陣陣飄起，似隱若現的綠色植物，悠長的午睡時間，陽光一吋吋的遊走，就是我對幼年的回憶了。

進入小學之後，福利社推廣鮮奶和養樂多，喝沖泡奶粉長大的我們，覺得把牛奶冰在冰箱裡，冰冰冷冷的喝，有些不可思議；至於養樂多裡竟然藏著活菌這件事，簡直是驚悚了。

我的乾爸爸是學校的數學老師，他作主為我訂了一個月的鮮奶，於是，每到第二堂下課，我們幾個訂了鮮奶的孩子，就到福利社報到，由福利社阿姨撬開牛奶瓶的紙封口，嘴巴湊上去，就這麼咕嚕咕嚕的喝完。牛奶瓶的瓶口，特別厚的質材，我的即將換牙的門牙，與玻璃碰撞時，敲擊出清脆的聲音，有一種奇異的，危險與吸引混合的魅力。

學校裡的主任們親自到班上來推銷養樂多了，我記得有位主任是這麼說的：「如果你的爸爸媽媽疼愛你，一定會幫你訂養樂多。」我回家把主任的話實況轉播，媽媽聽了很生氣：「這是什麼話？不訂養樂多就不疼愛小孩嗎？太過分了！」我一直提心吊膽，怕媽媽會到學校抗議，但她那時為了照顧我們已離開醫院，擔任家庭育嬰的工作，根本分身乏術。過了幾天，老師公布班上可以喝養樂多的學生，我竟然聽見自己的名字，生氣歸生氣，媽媽又把讓瘦弱的女兒健康的希望託付給養樂多了。

養樂多剛出現時是圓胖短小的玻璃瓶，把活菌喝下肚，玻璃瓶變得透明，我和同學將冰冰涼涼的瓶子貼在臉上，仍能有冰塊一樣的觸感。
清脆的，透明的，冰涼的，玻璃瓶帶給我的，永恆的童年感受。

酒娘子與蒜大爺

孟奶奶和媽媽坐在客廳裡織毛線，有一搭沒一搭的聊著，而後我突然聽見孟奶奶問起我：「幾歲啦？念幾年級呀？」

她的聲音有點像是我愛吃的冰糖蓮藕，黏黏的，帶著桂花香。媽媽說那是吳儂軟語。孟奶奶是纏過小腳又放開的，所以行動自如，不像我見過的那些年紀更老的奶奶，纏著小腳，得扶著牆慢慢走。頭一次孟奶奶來我家，脫下鞋子換拖鞋的時候，我就忍不住的偷偷瞄她的腳。媽媽說，這是走過大時代的腳，孟奶奶是大時代的兒女。大時代長什麼樣子？我們這些生在小時代的人是無法體會的，因此有了敬慕之情。

米店來送米，站在門口叫喚，孟奶奶聽見了，站起身回家去，她說：

「我的糯米來啦，我先走囉。」孟奶奶住在我家隔壁，與兒子、媳婦和三個孫子住在一起。她在門口換鞋的時候，看著我說：「我要做酒娘呢，做好了給你們嘗嘗。」她風一樣的離開了，門外的寒意捲進來，是冬天了。

我不知道什麼是酒娘，再過兩年認識的字多了，才知道是酒釀。但孟奶奶就是這麼叫喚的，酒娘酒娘，像在喚一個風姿綽約的女子。生命裡頭一次嘗到酒釀的好滋味，就是孟奶奶做的，煮好的酒釀甜蜜蜜、熱呼呼，我捧著碗小心啜了一口，抬頭對孟奶奶說：「好香啊，有玫瑰的味道。」孟奶奶眼睛都亮了，她說：「這小姑娘識貨呀，奶奶專給妳做一罈子酒娘。」之後幾年冬天，我都等著專屬我的那一罈子酒釀，奶白色的、飄著玫瑰的香氣。有時候因為酒餅或是天氣，酒釀失敗了，只好再等下一次。

曾經我跟著媽媽走進孟奶奶的房間，她的床下放了幾個酒釀罈子，因為天氣冷，罈子還蓋著被子。

「喏，那一罈是妳的喔。」孟奶奶指著其中一個罈子說。

「我可以先帶回家嗎？」我簡直有點迫不及待了。

「那不行，妳得等著，發酵就是需要時間。」孟奶奶對我說。

她說酒釀是對女孩子最好、最滋補的食物了，她曾經把剛做好的酒釀用湯匙挖了一勺給我嘗嘗，入口即化，甜香釀稠，我含在嘴裡，久久的，捨不得嚥下。瞬間覺得身體和手腳都暖和了。

家裡自釀的是非常北方的醬菜「糖蒜」。爸爸的老哥兒們來我們家時，總會問：「糖蒜還有嗎？」

當新蒜下來時，家裡便忙碌起來，準備著幾個大玻璃瓶，剝出來的蒜瓣兒連著嫩皮一起醃。糖、醋和醬油煮成汁，浸泡住蒜頭便封起來，等待發酵入味，每天放學我都去探望玻璃瓶裡的蒜頭，直到它們的顏色愈來愈深，變成紅棕色，一開瓶蓋，整個家裡都是糖蒜的氣味。那些被我喚作大爺、二爺的伯伯叔叔，不拘吃麵、吃飯、吃饅頭，都配糖蒜，有時還喝點五加皮酒，大聲說話，醉了就哭，是很梁山泊的氣味吧，少女的我在一旁靜靜的看著，嗅聞著，連他們的淚水都漫溢著蒜味。

在床底下眠夢的酒娘子；闖蕩五湖四海的蒜大爺，都在我來不及告別的時刻離去了，而那陰柔的、陽剛的氣味，永遠留在我的生命裡。

夏日狩獵者

當我們為偏鄉的孩子張羅夏令營，規畫好課程與師資；安排好豐盛飲食與安全住宿，卻總覺得隱隱的匱乏與不安，內心的焦慮來自極細小，威力卻很強大的夏日特產：小黑蚊。

春日到埔里長青村探勘場地時，我們這群城市鄉巴佬完全沒準備，凡是沒有衣物遮蔽的部位，都遭到了侵襲。因為夥伴們特別招蚊子，相較之下，我算是災情比較輕微的。有的夥伴被叮咬後腫成一個大包，甚至還化膿，令人觸目心驚。而埔里的朋友卻一派從容自在，根本不受侵擾，我一邊四處拍打，一邊咬牙笑罵：「蚊子是你們養的吧？專門欺負外地人。」

從春天到夏天，我們有足夠時間去尋訪各式抗蚊恩物與祕方。於是台

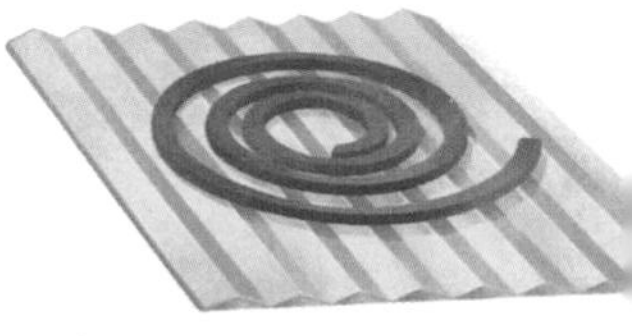

灣本土的、來自歐美的、古法中藥包，各種款式陸續出現。八月初啟程前往埔里時，大大小小、瓶瓶罐罐的防蚊聖品，一字排開，陣容堅強。抵達目的地，下車前，人人手持噴霧一瓶，從頭到腳一陣掃射。埔里朋友一見面就皺起鼻子：「厚！你們會不會噴太多了？」朋友被我們薰得受不了，但願蚊子也是。

然而，蚊子的狩獵與攻擊絲毫沒有遲疑。

每天晚上，終於安靜下來，我檢視著密密麻麻的粉紅顆粒，布滿雙腿與雙臂，忍不住的想，這是睽違已久的重遇啊。

小時候，每到夏日，被蚊子叮咬，就是一種日常。睡覺的時候，放下蚊帳，卻還要謹慎的看仔細，帳內是否有躲藏的蚊子？我喜歡從蚊帳裡看出去的世界，都隔著點距離，移動著、說著話的人們，彷彿並不在我的世界裡。房間點著蚊香，噴吐令人安心的氣味，天花板上的風扇規律的旋轉、旋轉、旋轉，就要沉沉的睡去了。

有一年，大斑蚊帶來了瘧疾，家家戶戶展開滅蚊行動。我大約剛上小學，弟弟搖搖擺擺學走路，父親去異地受訓，只有母親帶著我們，終日惶惶不安。每晚臨睡前，必須開亮所有的燈，認真檢視每個角落，我和弟弟則負責張望天花板。我記得自己看見一隻大斑蚊，停在天花板上，我轉頭，對著母親舉起手指。母親立刻意會，取下腳上的拖鞋，來不及搬椅子，便迅速踩上一只玻璃小茶几，「啪」的一聲，重擊斑蚊。同時，我聽見「哐啷」一聲，玻璃碎裂，母親摔落地面。玻璃刺進她的赤腳，鮮血湧出，母親大叫，我和弟弟大哭。接著是隔壁鄰居衝進我家，七手八腳扶起她，有人抱住弟弟；有人安撫我，而我只是盯著大大開啟的紗門，想著，完蛋了完蛋了，要飛進多少蚊子啊？我們死定了。那種恐怖感，充塞在小小的胸腔中。

而後我認識了ＤＤＴ，蚊子的剋星，大人噴灑ＤＤＴ的時候，我總藉故走近聞兩口，覺得氣味挺好聞的。蚊帳、蚊香、ＤＤＴ，就是我的夏日印象，成長之後漸漸消失了。這次去埔里前，到藥房買防蚊液，藥師推薦給我之後，特別對我說：「這是不含ＤＤＴ的喔，ＤＤＴ對人體有害。」

原來對人體有害，卻是我童年夏日不可或缺的狩獵武器。

老派聖誕

我走到書店最輝煌的一個角落，那裡擺放著聖誕卡片，各式各樣的聖誕禮物與飾品。但其實聖誕卡片的規模與樣式，已經遠遠比不上二十年前了。我記得那些年代，連新書出版的日期，都得要避開十一月和十二月。「那兩個月是卡片季啊，書店裡全部都在賣卡片，簡直是災難片。」出版商這麼說，看起來憂心忡忡。他一定沒想到，我們都沒想到，聖誕卡並不是出版的災難片，還有更大的災難要來。

如今，網路時代的來臨，也讓聖誕卡萎縮到聊備一格了。但我還是有些執著，關於寫卡片這件事。因此，總要專程到書店去挑一、兩盒卡片，寫下一些話，給願意聽我傾訴的朋友，告訴他們我對他們的想念、感謝與祝福。

這很老派，我知道。但是，聖誕節不就是要老派嗎？

在我家裡，聖誕節是屬於母親的節日。母親念的是教會學校，他們最重視的節日就是聖誕節。從我有記憶以來，家裡一到十二月就彌漫著過節的氣息。有一個方形的紙盒，邊緣已經破損，卻被收在床底下，那是聖誕樹的靈魂——一閃一閃的彩色小燈飾。至於其他的裝飾品，全都是我們手作的。母親帶著我和弟弟，用金色和銀色的紙摺疊天使，還用蛋殼做出聖誕老公公，那是我最喜歡的部分。總是纏著母親一直問：「要做聖誕老公公了嗎？」母親把生雞蛋敲一個小口子，讓蛋汁流乾淨，用水沖洗蛋殼，晾乾之後，交給我們。我們先在蛋殼上畫出笑咪咪的臉孔，再用口紅將緋紅的顏色抹在老公公的臉頰上，看起來就很有精神了。當然，紅色的聖誕帽和白色的鬍鬚是絕不可少的。

母親的朋友從遠方寄來的聖誕卡片一張一張的放在樹上，而後，將棉花撕得薄薄的，環繞樹身，「下雪了！下雪了！」那應該是布置聖誕樹的最高潮。當母親踩著小板凳，把紙摺的一顆大星星裝飾在樹頂，父親便將聖誕燈的插頭插上，弟弟飛快的關上燈，黑暗中所有的光華都來自那棵聖誕樹，舒緩的，一明一滅，像是心跳那樣，閃動著歡慶與喜悅。注視著它，我的心總是被聖潔平和的情緒所充滿，突然安靜下來。

當我們長大，家裡不再布置聖誕樹了。聖誕節是屬於孩子的。弟弟成年之後，到美國去念書、工作、結婚、生子。有一年聖誕，我們去美國團聚，布置了自己的聖誕裝飾，還在夜裡開車去別的社區，看看人家是怎麼布置的。外面的空氣很冷，有時剛下過一場雪，我們全家人擠在溫暖的車內，年幼的侄兒抱在我的膝上，我們坐在靠窗的位子，他的頭抵著車窗，那麼興奮的發出驚歎聲。後來，連侄兒也成年了，再一次失去了聖誕節。

成立小學堂之後，工作夥伴堅持著美國的聖誕習俗，年年十二月都裝飾得熱熱鬧鬧，看見大人孩子在美麗的裝飾前拍照，我便忍不住幸福的嘆息了：聖誕節，還是老派的好。

深不見底那缸水

「老師，老師，你看這個帖適不適合我？」

在筆墨紙硯專賣店裡，一群貴婦造型的中年女性，圍著一位銀髮唐衫的男人嚷嚷著。

這個說：「老師，老師，你幫我看一下這個硯台好不好？」

另一個說：「老師，老師，我不知道是兼毫好，還是羊毫好耶。」

那位書法老師在七、八位女學生的簇擁下，陀螺似的轉個不停。整間店裡都是她們的聲音，此起彼落，連店員也被她們支使得團團轉。而我只是靜靜的翻閱著日本出版的字帖，欣賞著那些精美的裝幀，觸感著紙張的溫存，注視著細膩的印刷，使得每個字都被賦予了靈魂。

我看了又看，捨不得放下，耳邊響起書法老師給我的叮嚀：「那些日本書帖都很美，但是不用買，太貴了。不要亂花錢，大陸出的拓本就很好用了。」

我的書法老師很年輕，是我在大學裡教過的學生阿樺，也是位國中老師，我並不常和學生保持連絡，主要是無藥可醫的社交障礙症候群，但也因為如此，能夠一直保持連絡的極少數學生，都有兩肋插刀的交情。

和阿樺相識正好滿二十年，前幾年他在我身體狀況不太好的時候對我說：「老師妳一定要好好的，等妳老的時候，我要幫妳推輪椅，帶妳去曬太陽喔。」這些話也像一種盟約似的，感人肺腑。

他在大學時便顯出藝術才華，書法、篆刻都很精到，前幾年更完成了藝術碩士學位。每一年的除夕前，他總會送來手寫春聯，給小學堂貼上，年復一年，已經成為慣例了。我最喜歡的上聯是「曼妙翰詞出新意」，下聯是「娟娟佳句入文章」，橫批則為「最愛小學堂中聚」。能巧妙的把

「曼娟小學堂」嵌在其中，不僅是有文思，也是有情思的吧。

多年之後，當我想要重拾毛筆，重新練字，尋找一種安定寧靜的感覺，便決定拜他為師。於是，我的學生成了我的老師，在幫我推輪椅之前，先來教我寫書法。阿樺老師說：「筆、墨、硯台都不要買，等妳撐過三個月再說。」他說這些文具都可以先借給我，於是，第一次上課，我就帶著朋友送我的生日毛筆上陣了，其他的都沒準備，那枝毛筆有個名字，叫做「春分」。

寫書法這件事於我而言，曾經是很痛苦的。小學時候便得規規矩矩坐著練字，家中長輩為我挑的是「柳公權玄秘塔」，一橫、一豎、一撇、一捺、一點、一勾，瘦而剛勁，其實並不適合小孩子，但多數的孩子都從這裡開始。長輩們對練字的要求很嚴格，說是握筆時掌心要留一顆雞蛋的空間，又說握筆要握緊，就算用力抽也抽不走。我小小的手掌握不了一顆蛋，雖然已經死命握著，那枝筆還是一抽就抽走，留下一條黑墨在指間，像個傷口那樣，惡意的嘲笑著我。學校老師和家中長輩都說，練字要有恆心，就像王獻之那樣，寫完一缸水。我在永遠練不完毛筆字的那個夏天，總是夢見一個大缸，深不見底，水波蕩蕩漾漾，我湊近水缸，感覺似乎會被它吞噬。

長大以後才明白，那缸深不見底的水，其實是人生的坎坷和磨難，我們用那缸水反覆練習的，是風格獨特，不可複製的生命書帖。

桌上的異想世界

朋友結婚三年之後，搬到了新買的房子，終於有了自己的家。我想著該送什麼禮物給她，致賀喬遷之喜。媽媽也認識我的朋友，聽說我要送禮物，特地搬張椅子，打開儲物櫃翻找，二十幾年前我們搬家時，有位長輩送的整套大同瓷器餐具。我還來不及表達意見，整套餐具已經排列出來了。八隻湯匙、八個湯碗與飯碗、八個小碟子，還有兩個大盤、兩個中盤、兩個小盤、一個大湯碗、兩個麵碗，氣勢相當壯盛，有著閱兵的意味。白瓷依然閃亮，粉紅色的花卉勾金邊，也沒有褪色，像是永不凋零的春天。

「怎麼從來不拿出來用呢？」我問。

「這麼細緻的瓷器捨不得用啊，想著哪天如果請客再整套拿出來用，誰知道一直沒機會。」媽媽帶著依戀的情緒，撫摸著湯匙底部的花樣，一直沒機會使用的整套餐具，此刻要割愛了，當然還是有點捨不得。

然而，我必須跟媽媽說實話：「我覺得這不太合適，現在的人已經不用這種整套的餐具了，感覺有點，老派。」媽媽愣了一下，有點無法理解：「一整套才顯得氣派、整齊啊，為什麼現代人不喜歡？」因為現代人講究的是個性與獨特啊，我想，媽媽並不能接受這種說法。當我看著她將整套餐具收進櫃子裡，確實也有種難以言喻的惆悵。

如果翻開我家的餐具櫥，就像是翻開了五十年來的家庭史，有創家之初的搪瓷盤子，原本都是成雙成對的，兩隻白搪瓷盤，兩隻紅底牡丹綠葉搪瓷盤，應該是孩子還小，擔心打破瓷盤，便用著打不破的搪瓷盤吧。如今只剩下一隻牡丹綠葉，有時候野餐我會帶著它，又輕又耐摔，是隻好盤子。家裡還收藏著幾個祝壽碗碟，一律白瓷金邊，一圈紅色壽字花樣，上面鐫著恭祝總裁八秩晉五華誕之類的字樣。都是父親從工作的單位領回來的，那位總裁就是蔣介石，他的祝壽碗碟每年一個，有段時間真覺得會千秋萬世，打破兩、三個也不覺可惜，然後有一天，再沒有祝壽碗盤了。

當我到異地生活，明明知道只是暫時的，卻仍忍不住買兩個碗，一個盤子，彷彿這樣才真的與那城市產生了連結。等到打包離開時，也捨不得將碗盤送人，一層層包裹妥貼，藏在衣箱裡帶回家來。使我回到故鄉卻又思念異鄉時，有個憑藉。

有時在家裡吃早餐，窗外是慣常的霧霾，我取出歐洲花朵瓷碗，沖上一杯麥片，攪拌著，瞬間回到維多利亞港邊的香港居所，那奇幻的海景高樓，隨著餐具被我帶回來，永恆保存了。

櫻花季到日本賞花訪友，在已經安家於東京的好友家中借宿，早晨圍在桌邊吃早餐，好友拿出花色造型各不相同的盤子給我挑選，那些和風盤子上的花樣有些可愛，有些優雅，每個盤子都像一幅畫。我想釋放內心的抑鬱，嚮往自由的感覺，於是挑選了一個飛鳥圖案，現在要跟著鳥兒一起飛囉，這是我的異想世界。

晚點再收拾

三年前，遞出巴氏量表，確認將會多一個外國人住進我家之後，最令我苦惱的就是，這位外籍看護要睡在哪裡呢？

當時父親急症住院，母親焦慮驚惶，六神無主，什麼事也拿不定主意。我站在父母房間，環視著堆積了二十幾年的雜物，感到了時間的廢弛。

想當年我用盡積蓄買下五十幾坪的新家，立刻將父母接來同住，特意把家中最寬敞明亮的主臥室讓出來，自己住進了採光較差，面積也小許多的邊間房。還記得剛搬家時，兩座大衣櫃，一張雙人床，一架梳妝台，以及母親不可或缺的老縫紉機，放進主臥，仍是空盪盪的。

「這房間真是太大了啊。」母親很滿意的說。

然而，過不了兩年，空置的地方就開始放東西了，像是行李箱、置物櫃、四季的床單枕被套子，以及薄被、厚毯子等等，愈堆愈多。紐西蘭帶回來才發現沒用的羊皮氈子；去蘇州旅行的紀念品繡面椅套；特價出清買回來的阿拉伯地毯……漸漸堆成一個小丘，而後連綿成一片高原。就像多雨之後生黴那樣的，占滿了整個房間。

外籍看護的床當然應該放在父母房間，才能貼身照護，然而，該如何動手清理呢？父親說：「花錢買回來的東西不要亂丟，作孽啊。」母親望著滿滿的黴菌，呃，雜物，輕描淡寫的說：「都已經堆了這麼多年了，不能急於一時，慢慢清吧。」

怎麼能慢慢清啊？外籍看護阿玉已經來了，只能先住進我的工作房，睡在沙發床上，她倒是很能隨遇而安，一夜酣眠。為了照顧父母不能成眠，一夜起身好幾次的我，實在無法淡定。十幾天後，父親再住院做治療，母親堅持陪伴父親，這真是個大好時機。我立刻帶著阿玉回家，發揮愚公移山的精神，全面大清理。原本以為一天就能看見的地板，到了第三天才清出一角。其間還發掘出許多早被記憶版圖驅逐出境的東西，像是長滿白毛，十幾年前就已過期的茶葉；以及一盒三年前的中秋月餅，到底這樣的囤積是怎麼開始的呢？

第一樣物品肯定只是暫放，然而過了幾天沒有收，便又多出兩、三件，四、五件，也許有人提出異議：「東西收一收啦，這樣很亂耶。」

「我知道啦，等我晚點再收拾。」

結果兩個月過去了，一年過去了，到了第二年，看著那堆雜物實在不好看，隨手拿起一張床單蓋上。眼不見心不煩，床單上又堆放了更多的東西，時間一年又一年的過去。家裡的人都覺得這個位置就是拿來堆東西的，不然這些東西要放哪裡？

我將母親的衣櫃門拉開時，堆疊的衣物傾倒而出，如一場雪崩。我只能坐在衣堆上整理，有好些令我詫異的衣裳，像是比母親小幾歲的瑪麗阿姨，送了件年輕時訂做的毛呢大衣給母親，因為她變胖了，這件大衣再穿不下。母親覺得自己已經四十歲，穿上瑪麗阿姨二十幾歲的衣裳怎麼會好看呢？可是她穿上確實好看。只是如今已經八十歲的母親，為何還留著這件大衣？

難道以為還有穿著的機會嗎？

又或者她只是想晚點再收拾，這一晚就晚了三十年？

07

藍天白雲的日子，
臨時起意到公園野餐。
其實什麼也沒準備，
只帶了點水果，
想讀的書。

需要的是大樹，與一張野餐墊，
重要的是
與家人或朋友同在的那種感覺。
我一直相信，
許多快樂不用花錢去買，
卻很珍貴。

柔軟的神墊

在一個溽暑的午後，我和從外地來過暑假的侄兒大眼瞪小眼，他剛剛考上不錯的大學，又考取了汽車駕照，我答應帶他去大吃一頓，但是吃完之後該做些什麼呢？正當我發愁的時候，好友的電話來了：「我們一起到公園去坐坐吧。」這主意真不錯，我從沙發上一躍而起，連忙到櫃子裡抱出了自己專屬的野餐墊，對侄兒說：「我們去野餐！」他睜大了眼睛：「不是剛吃過午飯？」「那就下午茶！」反正一定要出發就對了。

小時候，家裡連電視都沒有，家庭裡最常進行的娛樂活動就是野餐。每到炎熱的夏天，父母和鄰居的大人們便糾集了一群毛孩子，把我們帶到山間野溪，大大的床單隨地一鋪，就成了野餐墊，讓我們盡情的翻滾淘氣。野餐的品項很龐雜，但是不會有美美的烤蔬菜、火腿、培根、壽司什麼的。我家提供的永遠是滷菜，從滷雞翅到滷豆干、滷鮮筍，好大一包。再不然就是爸爸做的炸醬，配上媽媽做的馬鈴薯沙拉。加上鄰居媽媽提供的綠豆湯和兩、三條吐司，就是豐盛的野地大餐了。

當我們更大一些，野餐變成了野炊，整幢公寓大人孩子二十幾位，浩浩蕩蕩的出發，到營地裡生火烤肉，還煮起大鍋菜來，在深秋初冬之際，林間的笑語喧譁是永遠無法忘懷的。

近年來的野餐走的是小資和貴婦路線，從野餐墊到器皿與擺設都要講究，愈來愈雜誌化與精緻化，我更想念用手抓著雞腳嘖嘖有聲的啃食，那樣的好滋味。並且還炫耀的告訴人家：「雞骨頭啃完別丟，可以到溪裡釣小螃蟹耶。」感覺真的很俚俗，但這才是「野」餐，不是嗎？

因為如此的野性難馴，我想，我還是做一張自己的野餐墊吧。在迪化街的永樂市場挑選了一塊帆布，再加一張塑膠布，直接登上三樓，交給裁縫，幾天之後取貨。就這樣，我擁有了自己的野餐墊。

曾經，我帶著它去到東台灣，在空無一人的沙灘上，頭枕光滑的漂流木，舒服的躺下來，聽海潮湧動的聲音。而後，侄兒提著它，我們走進了大湖公園。捷運尚未開通以前，對我而言，大湖公園就是個「遠得要命」的地方，如今，搭乘文湖線，一出捷運站就進了公園。原本以為附近就有超市，可以買些飲料調製口味特殊的飲品，四下張望卻沒看見超市，只有飲料販賣機。在有限的資源下，反而激發出我的無限創意，挑選了檸檬口味氣泡水和可爾必思，嘩啦嘩啦搖一搖，分而飲之，味道竟然還不錯。

我們挑選了一方湖邊的平坦草地，坐在樹蔭下，把從家裡帶來的葡萄打開來，就著一陣陣微風，享受下午茶。侄兒靠在樹幹上，將一直沒看完的書翻開，我和好友有一搭沒一搭的聊著。湖面上的白鴨自在的划水，我抬頭看著藍天白雲，仍和小時候一樣，這柔軟的神墊，瞬間帶我抵達喜悅的境地。

小紅帽的野餐趴

我和遊伴們拖著午餐的家當，展開二子坪步道的健行，其實全長不到兩公里的無障礙步道，是毫無挑戰可言的，正好適合這不冷不熱，日光微微的天氣。我們的目的不是鍛鍊體魄，而是享受野餐的悠閒。還沒打算添購保溫野餐拉車，便將母親買菜的全罩式菜籃車，充當野餐籃，兩個輪子已經提供我們極大的便利。

菜籃車裡放著法國麵包店烘焙的法國長棍麵包與蜂蜜土耳其，還有照燒雞腿、烤豬肉，一顆生菜與各式水果。少不了的是餐盤與餐具，熱水、茶葉和咖啡。當我們將所有食材漂漂亮亮鋪排好，遊伴Illy從背包裡取出布偶，放在桌布上，慎重其事的宣布：「這是小紅帽的野餐趴喔。」

布置完成，當然免不了先進行拍照活動，各種角度與取景，大家紛紛貼上臉書之後，便有一種心滿意足之感，好像餐點滋味如何，已經無關緊要了。當我們狠狠忙碌一番，終於可以坐下來喝一杯茶，不知是誰，突然拋出一句話：「這樣不會太矯情了嗎？」是啊，我記得以前，當我還是個孩子或少女時，野餐並不是這樣的。那些年，我們常在假日出門去郊遊，呼朋引伴，好幾個家庭結伴出發，也許是在山上，也許是在溪邊。野餐絕對必要，因為如果不自備糧食，一大夥人就得挨餓。沒有那麼多便利商店和餐廳的年代，我們連飲水也得自己從家裡帶去。

小時候，我們有三、四個家庭的八、九個孩子，年紀差不多，都是小學生。電視還不普及，看電影也是不小的花費，那時的家長喜歡把孩子帶到大自然，廣闊的天地裡，玩上一整天。我記得「出去野餐」的邀約通常是一個星期前就講好了，大家分配餐飲的準備工作，我家都是滷雞翅、滷牛腱、滷豬耳、滷豆乾、滷蛋和滷鮮筍的滷味大拼。滷菜出爐後晾涼，爸爸的一把快刀，能把滷味切得錯落有致，滿滿一大食盒，一開盒就噴香，把四面八方的大人孩子全引了來。而我喜愛的是鄰居媽媽的馬鈴薯沙拉，除了馬鈴薯、胡蘿蔔與洋火腿，還加了許多蛋黃與蘋果，蛋黃讓沙拉感覺更綿密，蘋果酸甜脆爽增添口感。我喜歡拿兩片吐司夾住厚厚的沙拉，嘴巴張到最大，一口咬下去，那樣的豪情。

大學畢業旅行去日月潭，那時是個多麼安靜清幽的地方，我和同學們在潭邊野餐，除了吐司麵包，只買了一罐海底雞和一罐肉醬罐頭，也吃得津津有味。海底雞原來不是雞，而是鮪魚；辣味肉醬比不辣的更好吃。吃完吐司，有個男生取出兩罐蘆筍汁，大家分著喝了。沒有野餐墊，連張床單也沒有，吃完的就划著小船，唱著歌、搖著槳，遠遠的去了。

沒有什麼地方是不能野餐的，弟弟考高中聯考時，我們去陪考，就在校園草地上，鋪開一張床單，吃起滷味大拼。野餐，曾經是生活的一部分。如今，倒像是被某種儀式制約了。我注視著野餐桌上的小紅帽，忍不住的說：「下一次，我們來辦小王子野餐趴。」

在黑潮上看日出

當我們走出民宿，天還是黑的，甚至能看見幾顆遙遠的星星。我幾乎記不得上次這樣早起是什麼時候？也許是在阿里山看日出？那必定是許多年前，還很年輕的時候。這次來訪花蓮，特別安排了四天三夜，除了演講之外，到清水斷崖看日出，是最期待的事了。

我們行駛在沿海道路上，紅綠燈都轉為閃黃燈，一路沒有阻礙的向前行，比預計時間更快抵達港口。就像是人生道途上，掌握了方向的人，愈早出發就愈能暢行無阻吧。觀光碼頭上，我們是最早啟航的賞鯨船，雖然標舉的是賞鯨，我卻沒有太多期待，只要能看見海豚，就很滿足，況且，這一趟航行，我們有海洋文學家廖鴻基老師擔任解說呢。

讀過廖老師的文章，也在課堂上跟學生分享，卻是第一次見到本人。曾經是討海人的廖老師，在我想像中是黝黑粗獷的壯碩體型，此刻出現在眼前的卻是儒雅的讀書人，甚至是學者的樣子。因著他對鯨豚的研究精到，又曾在黑潮上漂流，便覺得我們這一趟旅程是有庇護的，為神靈所應允，必然往返平安。

大家安靜登船，各自在甲板上找到位子坐好，廖老師獨自站立於船頭前緣最高處，為我們解說岸上風光與地形，海上的洋流與風向，天色漸亮，我看見船上有幾組親子檔，孩子都還是小學生的年紀，睡眼惺忪，一點聲音都沒有。興奮持相機拍照的是父母，船身在浪上擺盪時，孩子縮起身子，出現忍耐的表情。

因為雲層很厚，水氣豐富，我們見不到一個大火球從海平面跳起了，等到太陽已經升空，也被雲層遮住，好處是不用擔心曬傷。當我們進入黑潮的領域，廖老師的聲音裡隱藏不住興奮，宣布第一群海豚已經包圍了我們。

熱帶斑海豚熱情的在船邊嬉戲，一雙雙躍起再沉落，頭一次在海洋而非海生館看見海豚，確實讓人忘情驚呼。接著是花紋海豚與飛旋海豚，每一次看見海豚蹤跡，我都忍不住發出驚呼，甲板對面的孩子只是怠懶的抬起眼睛，而後垂下頭去，他們暈船暈得很厲害。

有些海豚很親人，有些卻閃避著船隻，廖老師說，我們遠遠的欣賞就好，不要打擾牠們。海洋並不屬於我們，知所進退，正是這趟出海最讓我心安的理由。

凌晨五點鐘出海，八點鐘返航，可能是有點暈船吧，大家都覺得睏倦。港邊一輛輛遊覽車載著旅行團，男女老少，開開心心的準備出航。旅伴嘀咕著：「太陽這麼大，不會中暑嗎？」夏日的陽光，確實炙人難耐。

第二天，我們離開花蓮時，聽說旅行團的賞鯨船出事了，我想到前一天與我錯身而過的孩子，充滿期待的雙眼與笑意。在海的領域，不管是遇見鯨豚或者等待日出，都得有很好的運氣。

花花事件簿

午後的天空灰濛濛的，我和記者面對面坐著，訪談的主題是「旅行帶來的人生啟示」。我眼前閃過的畫面，是前兩天的島內小旅行。我和旅伴穿越另一座城市的巷弄，為那一大片豔紅的九重葛而駐足；我們走進水族館，卻被各式各樣的袖珍仙人掌強烈吸引；我們在高速公路上，為一畦又一畦亮黃的油菜花歡呼，於是下了交流道，駛向油菜花田。

以及，旅行的目的地，一陣風過，我們站在盛放的梅花林中，感受著落瓣紛飛，一場涼意溫和的飄雪。

這些年來的旅行，常常都是花季的追逐。有時候恰恰好趕上了，有時候不管如何悉心策劃，終究還是錯過。每年四月初的假期，必然要到日本去，為的不僅是那場盛大的櫻花祭，也想看看日本全民總動員，為了賞櫻，不離不棄守定一株櫻的那份痴心，那種燃亮了燈火徹夜歡騰的氣氛。

總覺得櫻花就該開在日本，才不枉費這短短的花期。

那一年特意規劃了和沒去過日本的朋友一起賞櫻，卻因為一票難求，很費了一些周折。好不容易在出發前三天才能確認機位，又聽見日本友人通報，花期提前一個禮拜，已經開始凋謝了。不管如何，我們還是飛往東京，從機場搭火車往旅館去，沿途經過一條河，沒有座位可坐的我，拉著行李箱，倚在門邊，一路看著窗外風景，以往滿滿開放的櫻花樹，現在都已長出了綠葉，真令人惆悵。

突然，我看見了河水上的落櫻，細細小小的花瓣，被水流沖刷著，一邊流動，一邊迴旋，一邊聚合，竟成了一個又一個美麗的圖騰。那就是傳說中的「花筏」啊，櫻花的落瓣在水中，形成一座又一座花筏，極度優雅美麗的，以它們自己的速度，款款的流動著。這是我第一次看見花筏，原來是這樣靈動的，把春天載走了。

就是因為沒能趕上花期，因為錯過，所以才能遇見。人生很多時候，不都是如此？我感到慶幸。

這一次，我們明明是要去信義鄉賞梅花的，卻在苑裡被油菜花攔截了。因為這裡並不是一個熱門的觀光景點，我們可以從容自在的任意行走，就像是回到小時候嬉戲過的鄉間。小心翼翼的，不讓腳下傷到任何一株幼苗，按下一次又一次快門。那一大片金黃色的油菜花，不可計數的白色粉蝶翩翩飛舞著，我的學生開心的在田邊笑著入鏡。

我卻突然想到，好多年前，我也跟著我的老師去過美濃，沿途經過黃澄澄的油菜花田，我們跳下車，歡呼著，拍了一張又一張照片。老師是客家人，講授宋詞講得極好，那一天，他帶著我們去拜訪鍾理和故居。見到理和先生的長子鐵民，他告訴我們，母親平妹去餵雞鴨了，馬上回來。不久，我們看見一襲白衫，身形微僂，花白髮絲盤成髻的平妹女士從遠方走來。

是經典文學裡的人物啊。我的眼一下子就熱了。

平妹、鐵民、我的老師，經過這些年，都陸續遠行了。

耳邊猶聽見因為花海而歡呼的聲音，究竟是當年的我，還是我此刻的學生？

櫻花・錢湯・夢

走進西本願寺，我的心突然寧靜下來，因為二月底的寒冷天候，微薄的陽光下，並沒有什麼遊人，與旺季時的洶湧人潮大不相同。訂下這場旅行，就有朋友問我：「這時候要去看什麼？櫻花還沒開，天氣又冷。」就是因為這樣，才能享受清靜，連續幾年追櫻，已經疲憊了，對我來說，能置身在京都，就是至福。

細石子鋪成的地面，每踩一下都發出沙沙沙的聲響，走著逛著，來到另一側的大門，突然看見兩株早放的櫻花，已經滿樹盛放了，無意尋櫻，櫻自來尋，怎不令人驚喜？我在一旁的石階上坐下，專注欣賞，一陣風過，落花紛紛翻飛。就這樣坐著，忘記了時間，等到腳趾被凍得失去知覺，才起身離開。走回日式旅館的道途上，告訴自己，也許該去錢湯泡一泡了。

自從好友移居東京，我幾乎每年都會造訪，感覺自己不再是遊客，只是換個地方過生活。飛到日本時，常有喜愛日本的朋友建議：「去泡個錢湯吧。」我喜歡日本溫泉文化，知道錢湯並不是溫泉，只是公共澡堂，一直興趣缺缺，應該是小時候對公共澡堂的印象不太好吧。這次去京都住的是「樂遊」，房間雖然小巧，卻是五臟俱全，最特別的是，正對面就有一家錢湯「五香湯」，住宿費用還包含泡湯券。

原本不是為錢湯而來的我，在腳趾僵硬之後，也有了泡湯的想望。「樂遊」貼心的為旅客準備了竹編小提籃，裡面盛裝著沐浴乳與毛巾，穿著浴衣和外套，夾腳拖鞋，只走幾步就到了巷子對面的「五香湯」。掌櫃的是一對老夫妻，雖然語言不通，還是熱情的比手畫腳，試圖說明他們有好幾座浴池，各有不同功能，樓上還有特殊的礦石浴、岩盤浴等等，是需要另外付費的。

我很久沒有看見這麼多快樂的歐巴桑了，當然年輕的女人也有，帶著小孩的媽媽也有。但是，看著這麼多赤裸的歐巴桑，理直氣壯的行走在浴池之間，還是滿可觀的。泡了二十分鐘已經渾身出汗，緊繃的腳趾也軟軟的鬆開，坐在公共區域休息，我像日本人那樣喝一瓶冰牛奶，牙齒輕輕碰觸玻璃瓶，突然想到動畫《神隱少女》中給神明泡湯的「油屋」。櫻花、錢湯，像一場夢似的美好，我覺得自己也像神明一樣被款待著。

貓咪、早餐和電影

早起滑臉書時，見到好友的貼文：「清晨，我一個人醒來。一個人清理貓砂，一個人吃早餐，一個人去看電影，我一點也不孤單，我的心裡是滿滿的。」真是深得我心，立刻秒按讚。

因為好友是已婚的媽媽，於是，貼文底下便出現了「好自在啊」、「獨立自主新女性」這樣的回應。如果好友是單身女性，大家的回應又如何？這恐怕就是單身女性的生活常態吧？其實，這也是我所憧憬的生活樣貌啊。

從小到大，乃至於初老，我都和父母同住，完全擁有自己的空間是一種奢求。

二〇一三年寒假，我的創作陷入瓶頸，於是向雙親告假一個月，去到香港短居，住在九龍公園對面的酒店式公寓裡。每天早晨起床，我為自己料理早餐，而後進入公園，看老人家打太極，小朋友餵水禽，陽光穿過樹蔭，在地面上投下一個又一個金幣，閃閃發亮。我在小噴水池邊坐下，打開在地鐵站口取得的免費報紙，隨意瀏覽著。有時老夫婦從我面前手牽手走過；有時年輕情侶攬著彼此的腰邊走邊親吻，我並不會對自己的形單影隻感到淒涼，也不羨慕他人成雙成對。我想，身為一個單身者，恐怕是天生注定的吧。

從公園出來便逛到附近街市裡買點花，插進玻璃瓶裡，放在書桌上，安靜的閱讀或寫作，有時候聽一點音樂。每星期都會去看兩部電影，有時就算看到爛片，也能從其中激發出一些想法，甚或靈感。看電影的時候總讓我感覺很安全，也很豐足，瞬間進入另一個世界，經歷許多激情或憂傷或快樂或痛苦，然而燈光亮起，一切就結束了，於現實生活無關亦無傷，我還是原來的我。

此刻更不可或缺的就是貓咪。領養兩隻米克斯貓已經將近兩年了，我愈發感覺今後的生活不能沒有貓。

白底虎斑公貓好奇、親人又撒嬌，牠喜歡用頭磨蹭我的頭，發出纏綿如絲緞的叫聲。三花母貓很有個性，貪戀一切享受，若即若離，卻愛睡在我的腳邊。自從貓咪來了，鏟屎、餵食、梳毛、換水都是愉快的事，我沒覺得自己是貓奴，只是為愛付出的舉手之勞而已。

我在好友貼文下回應：「有了貓，有了早餐，還有電影，怎麼會孤單？好幸福呀。」這是肺腑之言。

她把紀念品吃掉了

我並不喜歡紀念品。

當我應邀出席一場演講，會後主辦單位準備了一大包紀念品要送給我，其中包含杯墊、滑鼠墊、馬克杯、隨身杯、三十週年Q版娃娃，等等。我一點也不想接受，這些看起來價值非凡的紀念品，或許對某些與主辦單位有連結的人來說，是很獨特的，然而，對於蜻蜓點水，既無歸屬感也沒有共同記憶的我來說，有什麼意義呢？帶著這些紀念品回家，只是堆積灰塵而已。然而，更大的為難是拒絕，該怎麼說出實話？

這時候，我反而想念起二、三十年前的紀念品了。每次活動圓滿結束，便獲贈一面小小的紀念旗幟，做為感謝與紀念。幾年之後，我有了

一紙箱的旗子，很想把它們全部在陽台上插起來，讓它們飛揚一回。我跟朋友說了自己的想法，朋友笑笑的說：「感覺應該很像什麼『宮』或是『廟』吧。試試看呀。」我的插旗想像立刻幻滅，把一整箱旗子拿去丟了。清理小旗子絕對比清理多樣化的紀念品容易得多，面對著如今琳瑯滿目、五花八門的紀念品，我想念小旗子。

「難道妳對去過的地方，都沒有想念嗎？」曾經有個年輕記者，聽說我不喜歡紀念品，很好奇的問。

「當然會想念，去過的地方，一起去的人，都想念呀。」只是，我的想念是在心裡的，而不是在眼前。當然，我也不是一開始就這麼四大皆空，也曾經有過執迷的階段。年輕時偶爾去旅行，到每個景點都買印有地名的T恤和馬克杯，有時候出於分享的美意，還會帶幾件T恤回來饋贈親朋好友，完全沒考慮到他們並沒有去過優勝美地，穿著優勝美地的T恤是要幹嘛？

「咦？你去過優勝美地呀？」也許有人這樣問穿著T恤的朋友。

「沒有啊，就人家送的，所以穿著。」想到這樣的對話真覺得有點悶。

何況，這些T恤的質料多半不怎麼好，洗兩次就變形了，只好當睡衣穿。結果，好幾年的時間，我都穿著各國風景區和不同城市的睡衣，穿了洛杉磯又穿里斯本，穿過黃石公園又穿布拉格，就這樣沒完沒了的穿著，感覺像一種業障，自己造業自己穿。

後來，我決定再也不買紀念品了。所謂紀念品，常常是根本用不著的東西，幾年過後，連看也不想看了。

如果沒有紀念品，能留住什麼回憶？該留住的肯定都會留住的。

我記得幾年前某個雜誌邀訪，希望我可以帶著旅行中的紀念品入鏡，這對喜愛旅行的人來說有什麼困難？工作夥伴卻很為難的向對方解釋：「不好意思，老師的紀念品都……被她吃掉了。」是的，能吃的在旅途中都吃了，也是及時行樂吧。

前幾年去俄羅斯旅行，什麼紀念品也沒買，莫斯科瓦西里教堂天黑以後的燈光秀，當然是不能吃的，便記在心裡了，那是我隨身攜帶的奇幻璀璨。

國家圖書館出版品預行編目資料

只是微小的快樂 / 張曼娟 著.--初版.--台北市：
皇冠文化. 2019. 04
面；公分（皇冠叢書；第4748種）（張曼娟作品；26）
ISBN 978-957-33-3433-0 (平裝)

855　　108002253

皇冠叢書第4748種
張曼娟作品 26
只是微小的快樂

作　　者—張曼娟
發 行 人—平　雲
出版發行—皇冠文化出版有限公司
台北市敦化北路120巷50號
電話◎02-27168888
郵撥帳號◎15261516號
皇冠出版社(香港)有限公司
香港銅鑼灣道180號百樂商業中心
19字樓1903室
電話◎2529-1778　傳真◎2527-0904
總 編 輯—許婷婷
責任編輯—蔡承歡
美術設計—王瓊瑤、嚴昱琳
著作完成日期—2019年2月
初版一刷日期—2019年4月
初版二十一刷日期—2024年3月
法律顧問—王惠光律師

讀者服務傳真專線◎02-27150507
電腦編號◎012026
ISBN◎978-957-33-3433-0
Printed in Taiwan
本書定價◎新台幣380元/港幣127元